Babylone

雅丝米娜·雷札

著

龙云

译

巴比伦

雅丝米娜
·
雷札
作品集

Yasmina Reza

上海译文出版社

献给迪迪埃·马蒂尼

世界原本就是乱七八糟的，如同大杂烩。
我可不想让世界井然有序。

　　　　　　　　　　盖瑞·温诺格兰德

他靠着墙，在街头。兀自站着，西装领带。他长着招风耳，目光惊惧，花白短发。他身材瘦削，肩膀窄小。他拿着一本杂志，非常显眼，上面写着"警醒"两个字。题铭：耶和华见证人——洛杉矶。一九五五年的照片。他看起来像个小男孩。他早就过世了。他穿着得体，正适合发放宗教杂志。他孤零零的，浑身上下透出一股凄凉、尖刻的执着。在他脚下，估摸放着一个书包（看得见手柄），里面有十来本杂志，几乎没有人会来取。正是这些大肆滥印的册子，让人想起死亡。一时冲动——太多的杯子，太多的椅子……可凡事太多太滥，马上就一文不值。不管是东西，还是我们的辛劳。他背后那面墙非常高大。光看那沉沉的暗影，还有石料的尺寸，就能想象出来。高墙大概一直在那里，在洛杉矶。其他的则已经烟云四散：那位穿着宽大的西服、长着招风耳、站在前面发放宗教杂志的小个子男人，他的白色衬衫和深色领带,他那膝盖处泛起磨痕的裤子,他的书包,他的宣传品。我们的所在、所思和未来,有什么重要的?我们只是置身物景之中,直到离世的那一天。昨天,阴雨蒙蒙。我重新打开罗伯特·弗兰克的《美国人》。它失落在书房里,被塞在书架的某个角落。我再次打开这本尘封四十年的书。我还记得站在街头卖杂志的伙计。照片比想象中更加斑驳泛黄。我想再看看《美国人》,这是世界上最凄凉悲惨的书籍。死者,汽油泵,戴着牛仔帽的独行侠。一页页地翻开,渐次展现的是电唱机、电视,以及象征新时代繁荣的物件。这些新生的庞然大物,太笨重,太庞大,摆放在没有拾掇的空间里,也如人一样孤独。总有一天,它们会被清理出局。它们还会兜上一小圈,再摇摇晃晃地走向毁灭。我们只是置身物景之中,直到离世的那一天。我想起了迪耶普港口的自动电视唱机。凌晨三点,我们坐着雪铁龙 2CV 出发,要去看海。我大概顶多十七岁,正在与约瑟夫·德内热恋。我们挤了七个人,汽车屁股都快触到地面了。我是唯一的女孩。德内开着车。我们喝着满天星红啤,朝迪耶普一路疾驰。六点钟,到达码头,我们走进第一家酒吧,点了皮康啤酒。那里有一台自动电视唱机。看着歌手,我们笑得前仰后合。德内开始放费尔南·雷诺的《肉店伙计》,在滑稽剧和皮康酒的作用下,我们笑得眼泪直流。然后,我们就回去了。我们还年轻。压根就不懂得,青春一去不复返。现在,我已经六十二岁。我不能说,我懂得开心地生活,等到临终之际,我绝不会给自己打十四分,就像皮埃尔的同事所说,得了,二十分的话,给十四分吧,我呢,可能也就十二分,做点手脚,给个十二分,既不那么薄情寡义,也不会伤着别人。况且等我入土了,这能有什么意义呢?我生活得开心与否,谁也不会在意,而我呢,倒是多少有点在乎。

六十岁生日那天,让-里诺·马诺斯科利韦邀请我到欧特伊去看赛马。我们常常在楼道里碰面,他和我都喜欢爬楼梯,我是为了保持身材,他是因为幽闭恐惧症。他消瘦,个子不高,脸上坑坑洼洼,高高的额头,一直向后延展,侧面覆着秃顶男子常见的那几缕发丝。他戴着厚重的眼镜,更显老气。他住六楼,我住五楼。没什么人走楼道,只有我们常常在里面相遇,于是也有几分小小的默契。在某些现代楼宇里,楼道是独立的,很难看,只有搬家工才会用。再说,房客们也都称之为服务专用楼道。有一阵子,我们并不熟识,我知道,他在家电行业工作。他知道,我在巴斯德工作。我的职业是专利工程师,谁听了都会觉得不知所云,我也懒得解释,更不想惹人艳羡。有一次,我与皮埃尔上他家,与他们夫妻二人喝了一杯。他太太之前开过鞋店,后来做那种新时代治疗师。他们夫妻结婚较晚,我的意思是相对于我们而言。生日的头天,我在楼道里碰见让-里诺,我对他说,明天,我就六十岁了。我放慢脚步,一切都在不经意间。您还不到六十吧,让-里诺?他回答说,快了。我看得出,他想套两句近乎,但又没敢开口。等上到我那一层,我又补了一句,我到头了,该放手了。他问我是否看过赛马。我回答说没有。他支支吾吾地建议说,如果我有空,明天午饭的当儿,到欧特伊去找他。我到达赛马场的时候,他早已经在餐厅安然落座,紧靠着玻璃窗,居高临下俯视着检录区。餐桌上,冰酒桶里放着一瓶香槟,旁边铺着做满标注的马报,还有东一粒西一粒的花生米,夹杂着过期的门票。他等着我,很放松的样子,就像在自己的俱乐部接待来宾似的,与我平素了解的他截然不同。我们吃了他点的油腻玩意。每一场比赛,他都欢呼雀跃,站起身来,大喊大叫,挥舞叉子,带着上面的葱片摇来晃去。每过五分钟,他就要溜出去抽半支烟,然后带着新想法回来。我从没见过他这股子劲头,更没见过他这般喜形于色。我们小赌了几把,对马的潜力并不了解。他对马有些感觉,他有着秘而不宣的信念。他赢了点小钱,也许就够付香槟(我们喝了整整一瓶,主要是他喝)。我呢,收获三欧元。我心想,三欧,六十岁生日,行啦。我觉得,让-里诺·马诺斯科利韦很孤独。一个类似罗伯特·弗兰克的家伙。还有他的圆珠笔,他的报纸,尤其是他的帽子。他有一套属于自己的仪轨,随着时间的推移,他已经隔离出个人的独特空间。赛马过程中,他耸着肩,连声音都变了调。

我还记得父亲的六十大寿。我们一起在共和国广场吃了酸菜肉。这本是父母辈的年纪。高龄,一个抽象的年龄。现在,也轮到你了。怎么可能呢? 一个离经叛道的女孩,不食人间烟火,喜欢涂脂抹粉,突然就六十岁了。我和约瑟夫·德内去拍照。他喜欢摄影,他喜欢的一切,我也喜欢。我翘掉生物课。在那些岁月里,压根就不担心自己的前程。有位叔叔送了我一台二手柯尼卡相机,搞促销,价格实惠,我碰巧找到一条尼康肩带。他有台奥林巴斯,不是单反,要通过内置测距仪来调焦。玩法：同一主题，同一时间，同一地点，各拍各的照。我们像受人崇拜的大咖，开始搞街拍，在大学旁边的植物园里，拍遛弯的人和小动物，尤其是拍德内喜欢的卡迪涅桥火车站咖啡馆内景。那些躲在角落里的家伙，那些后部包厢里了无生气的常客。我们到朋友那里冲胶片。我们进行对比，筛选出好的底片，然后再放大。怎样才算好呢？最好的取景？展现出微不足道与高深莫测的互动关系的照片？谁能回答呢？我现在时常想起约瑟夫·德内。有时候，我不禁心想，他后来会是什么样子。三十六岁就死于肝硬化，这样的伙计会变成什么样呢？经历过这些事情之后，在我的脑海中，他仿若被重新发明似的。这段赛马场的小插曲，大概会让他笑喷的。《美国人》让我又想起年轻时的画面。我们怀揣梦想，我们无所事事。看着来来往往的行人，描绘他们的生活，他们像什么物件，木槌、绷带……我们爆笑。在笑声背后，我们感觉到一丝苦涩的烦恼。我倒愿意重温卡迪涅桥火车站的这些照片。大概早就连同废纸一起扔掉了。在欧特伊过完生日之后，我喜欢上了让-里诺·马诺斯科利韦。我们下楼，一起出去走走，如果有机会，还到街角喝杯咖啡。在外面，他可以抽烟，在家里则不行。在我眼中,他是最温柔的男人,我现在还这么看他。我们从来就没有很亲密,一直用您相称。但是,我们一起聊天,有时候还说些从不跟别人提及的知心话。尤其是他。我有时也这样。我们发现都不喜欢自己的童年,都恨不得将童年一笔勾销。一天,提及自己的人生历程,他说,不管怎样,最苦的日子已经熬过去了。我表示同意。让-里诺的爷爷是意大利犹太移民。一开始,父亲在绦带车间工作,什么活都干。后来,他专门做饰带,直到六十年代,他开起了服饰用品店。在帕尔芒蒂埃大街的一条小巷。母亲负责收银。他们住在一个院子后面,离商店两步之遥。父母工作很辛苦,一点都不温柔。让-里诺也没有多讲。他有个哥哥,比他年长很多,也在服装业获得成功。而让-里诺则放荡不羁。母亲将他扫地出门。获得糕点职业技能证书之后,他开始在餐饮业起步。在人生最好的年华里,他投身餐饮事业。很辛苦,没有假期,挣得不多。最后,就业局给他出钱,让他参加大卖场职业培训,一家中介协会把他安排到古力公司,负责家电售后服务。他没有孩子。如果有主宰人生的神秘力量,这也是唯一可以责难它的地方。餐馆破产之后,前妻弃他而去。他认识莉迪那会儿,莉迪与前夫生的女儿已经结婚,她顺理成章当上了姥姥。两年来,小家伙定期过来走动。孩子的父母分手时闹得很僵,连社会服务部门都介入此事,一逮住机会,他们就把孩子塞到姥姥这里。让-里诺从来就没有表现爱心的机会(除了对他的小猫),对于雷米的到来,他张开双臂欢迎,还想得到小家伙的爱。想得到人家的爱,这么做对吗? 这种企图难道不可悲吗?

　　开始那阵子,简直一团糟。孩子来时刚满五岁,以前一直住在南方,他压根就无视让-里诺的存在,莉迪一不在身边,他就大哭大闹。这个小家伙并不出众,胖乎乎的,两个小酒窝,笑起来很可爱。除了调教他之外,趁火打劫的还有艾杜瓦多,这是让-里诺的小猫,非常惹人烦,因为是从维琴察街头捡来的,所以只听得懂意大利语。莉迪倒是懂得与艾杜瓦多相处。在它面前,她戴着吊坠来回摇晃,随着玫瑰红石英的节奏,小猫也晃来晃去,仿佛被磁石吸住似的(在巴西某个地方,这石头主动对她投怀送抱)。但是,艾杜瓦多对雷米怀有敌意。小家伙一露面,它就须毛直立,体型倍增,发出嘶嘶的声音,让人害怕。让-里诺试图安抚小猫,周围谁也懒得搭手。莉迪则直接把艾杜瓦多关进浴室了事。雷米隔着门,喵喵地学猫叫,故意招惹它。让-里诺想阻止他,但压根就没有权威。一等空出地盘,他就凑过去给畜生打气,隔着门框叽里哇啦,嘟噜几句意大利语。雷米拒绝叫他姥爷。何况,也不能说是孩子拒绝。他总是絮絮叨叨地说,让-里诺姥爷给你读个故事啦,你如果把鱼吃完,让-里诺姥爷就给你买什么让-里诺的玩意啦,但是孩子从来就没有张嘴叫过让-里诺姥爷。对让-里诺姥爷,雷米横竖看不上眼,对他满不在乎。如果迫不得已需要叫他,也是直呼其名让-里诺。单单叫个名字,他感觉傻乎乎的,全然没有家庭的温馨。后来,他改变策略,绞尽心思,想通过玩笑来吸引孩子。他教孩子饶舌,胡说八道,诸如嘟嘟哇哇、唧唧喳喳乃至扑突扑突式的笑话。雷米很喜欢。他很快就突破了初级阶段,来回重复说你臭屁股,一副搞笑的声调,或者哼小曲的调子,在外面一有可能,他就干脆扯开嗓门,直接扔给让-里诺这么一句。在一楼大堂,我就亲眼目睹过这幕喜剧。让-里诺一边假装陪着笑,一边说,文字游戏如果说得太滥,就没劲了,你知道吗?他不知道该如何控制局势。他越是想让孩子安静下来,孩子就越是来劲,不断重复那句话。小家伙不会说这很好或这不好,他开口闭口说的是好奶或坏奶(让-里诺教的吗?),弄得他也没法回答说,你臭屁股,这是坏奶。莉迪绝不帮腔,她坚信种瓜得瓜种豆得豆的理论。等发现让-里诺有几分泄气,她才不痛不痒地说,别和小家伙瞎闹啦。小家伙一词说得颇有几分心痛的味道。成年人的轻率,孩子可是受害者,谁也不会责备他。回头来看,我猜测,她大概感觉到这种一厢情愿的爱背后隐藏着危险。关于一楼大堂,我还得说几句。这是个狭长的空间,白天,阳光穿过大门的半边玻璃投射进来,非常亮堂。电梯在正中间。在左边凹进去的区域,穿过一道侧门,就来到了楼梯间。右边走廊尽头,则是摆放垃圾桶的角落。如果他们三个人一起,莉迪就和外孙坐电梯,让-里诺则自个儿爬楼梯。如果只有让-里诺陪着孩子,孩子又只想乘电梯,那么非得使劲拖拽,才能把小家伙带进楼梯间,自然还免不了一顿呼天抢地。让-里诺不能乘电梯。生活中,他不能坐飞机、电梯、地铁,还包括再也不能开窗的新型火车。一天,小不点挂在楼梯间的门上,宛如猴子似的,死活不进去,让-里诺只得在楼梯脚边坐下来,眼中噙满了泪花。雷米凑到他旁边,问他道,你干吗不坐电梯?

"因为我害怕，"让-里诺回答道。

"我不害怕，我可以坐。"

"你还太小。"

过了一会儿，雷米扶着楼梯，一步一步向上爬。让-里诺跟在他的身后。

从脑海里挥之不去的图像中，如果需要隔离出唯一的画面，那就是这个场景，在几近黑暗的空间里，让-里诺坐在摩洛哥式椅子上，双臂紧贴扶手，周遭乱七八糟塞满了太多的椅子。椅子很不舒服，让-里诺·马诺斯科利韦僵坐着，客厅的柜子上排列着兴高采烈的家庭聚会的各种残留，沙拉、薯片，还有我专门疯狂采购的玻璃杯子。谁能够决定事情的起点？谁知道什么遥远玄妙的阴谋会主导事情的走向？在一家酒吧，让-里诺遇到了歌手莉迪·甘比奈。这么说吧，大家可以想象，一位扭动身姿的女郎，麦克风里传出撩人的声音。实际上，她看起来像一片小小的水藻，胸脯很平，一派茨冈人的衣着风格，周身挂满了小饰物，一眼就看得出来，她很在意自己的发型，一头浓密茂盛的橘色鬈发，被装饰性发卡牢牢套住（她还戴着脚环，上面也坠满了饰物……）。她跟着一名声乐老师上爵士课,时不时到酒吧（我们去过一次）演唱。那天晚上,让-里诺坐在现场,她望着让-里诺,开始演唱《锡拉库萨》,真是生命中的风云际会,在舞台的边缘,她轻启双唇,喃喃地唱着"在韶华已逝、青春虚掷之前……"而让-里诺则是亨利·萨尔瓦多的粉丝。他们彼此一见倾心。他喜欢她的声音。他喜欢她薄如蝉翼的各色长裙,喜欢她对花里胡哨的偏爱。一位跟自己年龄相仿的女子,对城市生活的成规毫不在意,他觉得这很有吸引力。另外,不管从哪方面看,这都是一位特立独行的女子,在生活里,她仿佛具有超自然的能力。为什么这两个人能走到一起?在斯特拉斯堡国际知识产权研究中心那会儿,我有位女友,一个多少有点不合群的女孩。一天,她突然嫁给一个愣头愣脑、沉默寡言的家伙。她对我说,他单身,我也单身。三十年后,在大力士高速列车上,我与她重逢,她负责为游乐园建造热气球,他们依旧生活在一起,生了三个孩子。对于甘比奈-马诺斯科利韦夫妻来说,结局却没有这么完美,但千变万化的情形,难道不都是出于同样的原因?在我们的小聚会（我称之为春日聚会）上,我拍了些照片。其中一张照片里,让-里诺居高临下地站着,莉迪则坐在长沙发上，穿着一套花花绿绿的行头，两人都满脸堆笑，齐刷刷地朝左看。他们看起来都不错。让-里诺似乎很开心，脸色红润。他俯靠着长沙发椅背，身子下方正好是那一团橘色鬈发。我仍清清楚楚地记得他们为什么笑。卷宗材料中还用了这幅照片。跟其他照片一样，抓拍得恰到好处，不可复制的瞬间定格，甚至这一刻也许并不曾这样发生。但是，因为后来再也没有莉迪·甘比奈的其他照片，所以它似乎蕴藏着神秘的内容，笼罩着一圈让人敬畏的光环。最近，在一本周刊中，我看到一张约瑟夫·门格勒的照片，那是六十年代在阿根廷拍摄的。他坐在户外的某个地方，穿着短袖衬衫，面前摆着野餐吃剩下的食物，周围是一群少男少女，明显比他年轻得多。有位女孩挽着他的手臂。她在笑。纳粹医生也在笑。所有人都满面笑容，神态放松，展现出生活中阳光轻松的一面。要是没有日期，没有中心人物的名字，照片就没有任何意义。题铭颠覆阅读。所有照片都是这样吗？

我不知道，脑子里如何萌生出春日聚会的想法。我们从没有在家中搞过这种活动，不管是喝一杯，还是搞聚会，更别说春日啦。就算接待朋友，充其量也就是六个人围桌而坐。起初那会儿，我只想和巴斯德的女伴们搞点活动，外加皮埃尔的几名同事，后来我理了理名单，沾亲带友，算下来人数可真不少，马上也就提出了椅子的问题。皮埃尔告诉我说，到马诺斯科利韦家去借就行了。

"不请他们吗？"

"一并邀请吧。她还可以唱几句！"

皮埃尔对马诺斯科利韦夫妇素无好感，但既然事已至此，他倒觉得莉迪比让-里诺更好玩。我发了四十来份邀请信。我马上就开始后悔。当天晚上，我甚至都没有合眼。怎么让这么多人落座？家里只有七把椅子，还包括那把摩洛哥椅。显然，马诺斯科利韦夫妇家大概也只有这个数。摩洛哥椅很占地方，但是怎么能弃之不用呢？除了椅子外，如果来客配合得理想，软垫和长沙发上还可以安排七个人。三七二十一。此外，地窖里还有个木凳，二十二（我还想到了柜子，但是如果茶几不够用的话，柜子还得当桌子使呢）。还差十把折叠椅。必须是折叠椅才行，如果需要就直接打开，没必要像等待观众似的一字摆开，但到哪里去找折叠椅？公寓的面积也不允许添置三十把折叠椅，更别说清一色的备用椅子，干吗要这么多椅子？搞这种非正式——对，就是非正式——晚餐会，并不是所有来宾都得坐下，他们可以站着说话，走来走去，真还得寄希望于来回走动、坐立自便的形式，客人可以坐在扶手上，或者干脆席地而坐、背靠着墙壁，彻底放松，对，就该这样！……至于玻璃杯……夜里，我爬起来清点杯子数目。三十五只，形形色色。另一个壁柜里，还有六只香槟杯。一觉醒来，我对皮埃尔说，我们没有玻璃杯。还得买二十只香槟杯，外加葡萄酒杯。皮埃尔对我说，还有些塑料香槟杯。我说，哎，不行，这不行，纸盘子已经让我很恼火了，杯子无论如何要玻璃的。皮埃尔又说，买高脚杯，你傻啊，以后哪里用得上。用纸杯喝香槟，又不是喝退休欢送酒！皮埃尔回答说，有种仿玻璃香槟杯，超级结实，绝对可以接受。我到网上看了看，订了三箱优雅牌香槟杯，每箱十只，还有三箱刀叉勺，每箱五十套，都是一次性仿金属塑料制品，外表看起来像不锈钢。我终于松了口气，直到聚会那天，星期六下午，突然想起杯子来，我又犯了病。香槟杯倒是有了，但还没有葡萄酒杯。在告别-云雀①

---

① 这是作者虚构的地名。

15

晃荡了半天,我买回三十个球形玻璃杯,还有一箱六只玻璃香槟杯。我拿出从没有用过的桌布,铺在柜子上面,然后摆上所有的玻璃杯、高脚杯、球形杯,杂七杂八,甚至还包括四只伏特加杯,以备不时之需。加上厨房里的杯子,总数当在一百以上。六点左右,莉迪按响了门铃。她化了淡妆,两边腋下各夹了一把椅子。我们又一起上楼去搬椅子。卧室里有把黄天鹅绒扶手椅。我从来没有看过他们的卧室。跟我们的卧室相同,但是色彩艳丽十倍,凌乱十倍,墙上挂着各种图片,还有一张妮娜·西蒙的招贴画,她穿着白色网裙,半裸着身体,另外床的摆法也不同。艾杜瓦多窝在一堆靠垫中间,警惕,慵懒。你在那里干吗!莉迪呵斥道。她拍了拍手,小猫逃之夭夭。她说,我不允许它进卧室。我好像看到了夜壶,还有个木盖子。一瞥之间,我全然明白,让-里诺根本就没有插手过卧室的装饰,不是因为在别处就可以看到他个性化的色彩,而是因为家中其他地方更多体现了不同生活方式间的大胆妥协。半掩的窗户四周,挂着轻轻摆动的丝滑帷幔,精致的英式小屋风格,透过层层楼宇上方,远处依稀可见埃菲尔铁塔的塔尖,而在我们家却没有这个眼福。他们的卧室更加喜庆,更具青春活力。抬起沉重的扶手椅的当儿,我有些眼红他们的卧室。一生中,房间常常搞得我心情沉重。童年的卧室。病房。视野较差的酒店客房。窗户成就卧室。它切割出的空间,它投射进的阳光。窗帘亦复如是。还有窗纱!一生中,我住过三次院,包括分娩。病房里光线模糊的大窗户,勾勒出一段对称的建筑,还有树枝,抑或不成比例的天空,每次面对这些,我总是心情阴郁。每一次,病房都让希望一扫而光。即便婴儿就在身边的玻璃育婴箱中。

罗伯特·弗兰克最著名的照片之一,就是从蒙大拿州小城比尤特一间酒店客房窗户拍摄的风景。屋顶,仓库。远处的青烟。每一侧,都有一半的风景被窗纱掩饰。我和妹妹让娜的童年卧室,一部分朝向健身馆的外墙。墙面已经大片大片地起泡开裂。朝左边探身,可以看到空无行人的街道,只有一个汽车站。我们住在皮托的一栋砖房里,房子早就拆除(我曾经路过那里,但早已面目全非)。我们刚好也有同样的窗纱,同样的线圈,同样厚重略微有点褶皱的竖条纹。赋予世界同样了无生气的形象。窗台也如出一辙。同样脏兮兮的窗台,狭窄,什么都放不下。比尤特的酒店客房俯视着破旧的房屋,还有一条空荡荡的马路。皮托的卧室面朝一堵没有窗户的后墙。要是窗户对面光芒四射,也不会挂这样的窗纱。我对莉迪说,扶手椅恐怕太占地儿了。

"是的,是的,等到万不得已再搬吧。"

她把我拽到客厅里。阳台上,她打造出一座小小的丛林,现代楼宇中的这种厢式小阳台,大家一般都不常去。一株高大的金合欢伸枝展叶,只能抬头仰望。盆栽的灌木正抽着嫩芽。她浇花的水,偶尔会溅到我们的阳台上。我说,您的阳台,真是太棒了。她指给我看新长出来的郁金香,还有早上才刚刚绽放的番红花。您还要别的东西吗? 盘子、杯子?

"已经足够了,我觉得。"

"趁您在这会儿,可不可以签下名,反对捣死小鸡仔的行为?"

"捣死小鸡仔?"

"公鸡仔。它们不能长大,它们会被放到粉碎机里面活活绞死。"

"可怕!"我说着在名单上加上我的名字还有签名。

"需要餐巾吗？我有些亚麻布餐巾，有点皱了，又不能熨烫。"

"我什么都不缺。"

"让-里诺下楼买香槟去了。顺便抽支切斯特菲尔德香烟。"

"千万别。"

"那必须的！"

她比我还兴奋。焦虑已经让我筋疲力尽，等待聚会更令我感到浑如惩罚。她却那么开心，让我不禁有几分羞耻。我觉得，她的开心很动人，很热情。她认为邻居们都清高倨傲，没想到自己还受到了邀请。我们又搬了三把椅子出门。到了下面，我说，太好啦，多谢了，莉迪，我们去打扮打扮吧！她握了握我的手腕，心领神会的样子。

"看哪天合适，我必须得调教调教您。"

"什么意思？"

"我要用吊坠来给您评估。去掉身上的污垢，清理体内的器官。让您重新找回流线体型。"

"这要等到猴年马月啊！"

她笑了，摇着满头橘发，闪进了楼道。

还是关于窗纱：我少年时期（德内之前）的闺蜜叫若艾尔。她漂亮，搞笑。哪怕是夜里，我们也形影不离。她家比我家还怪诞。浑浑噩噩中，我们画油画——我现在还保留着几幅，上面颜料堆得太多太厚了——我们写歌、写故事，我们穿男孩子的高统皮靴和套头衫，当时正逢垮掉的一代。我呢，我从来没有碰过大麻，酒倒是隐约喝过，若艾尔开始服用 LSD 和其他致幻剂，我们的友谊也渐生嫌隙。有一年，她从亚洲坐医用飞机回来，她吃了一种致幻蘑菇，脑子出了毛病。她那时刚满十八岁。二十年后，她给我打来电话。通过我妹妹，她在脸书上找到了我的踪迹。我到欧贝维利耶去看她，她家窗户正对着院子。若艾尔从安的列斯群岛回来，还带回一个和马提尼克人生的孩子，男人在野外不知所终。她拿到了护士文凭，正在找工作。他们住在并排的两间房，外面是门厅，摆着一张桌子，里间是卧室。阴暗的房间，老旧的窗纱使屋里更显阴暗。天色还没有完全黑下来，若艾尔就开了灯。在日光与灯光的混沌交错中，我们说着话，这又让人想起礼拜天的恼人预感。在我家，只有这一天，大家才放松警惕，不再节约用电，一般情况下，还没走出房间，就得关灯。让娜和我都习惯在黑暗中生活，相对于这悲凉的光影组合，我偏爱黑暗，黑暗但不凄清。若艾尔给我泡了茶，在昏黄的光影中，只见她拉着怯生生的小男孩坐了下来。我想过了，我们之间没有可能。日暮时分，我起身告辞，生命中第二次抛弃了她。

离聚会还有一个小时，一切都有条不紊，冷盘已经摆好，玉米饼只等着进烤箱。皮埃尔负责沙拉。衣着方面，两套服装已经就绪多日，尽管我知道，我最后将无惊无险地穿上黑礼服。我服了一片抗焦虑药赞安诺，然后去化妆，用的是格温妮斯·帕特洛推荐的一款抗衰老护肤新品。理智上，我不同意抗衰老这个说法，它让人产生犯罪感，而且傻傻的，但我的另一部分大脑却赞同这个药物用语。最近，我在网上订了凯特·布兰切特最爱的香脂，借口是所有澳大利亚时尚女士都人手一瓶，随身放在手袋里。我身上大概有些毛病。有人在电台谈论法国人的精神疲劳。虽然这概念说得模里模糊，但得知法国人都跟我的状况相同，我还是很开心。法国人终于没有了安全感。老生常谈。谁可以说自己很安全？一切都是不确定的。这甚至就是生存的条件。工作中更是如此，大家都担心社会关系被削弱。新自由主义与全球化，这两大灾难阻碍着人们建构关系。我心想,你呀,今天晚上,在你告别-云雀的家里,你要建构关系啦。你摆好蜡烛,为来宾放好坐垫,晾好洋葱玉米饼,你谨遵使用说明,一圈一圈从上到下在脸上抹面霜。你让自己又年轻了几岁。女人就应该高兴。男人不一样,有权忧郁,有权惆怅。上了一定年纪,女人就该保持好心情。二十岁,生气是性感,六十岁,生气就是烦人。我年轻的时候,还不兴说要建构关系,我不知道这个特殊的词始自何时。也不知道究竟是什么意思;抽象化的关系自身已经没有任何效力。不过是平添了一个空洞的说法。

十天前,母亲离开了人世。我和母亲见面并不多,所以生活也没有太大的改变,只是不再有从前的感觉——母亲还活在世间,活在某个地方。昨天,我接待了陪伴母亲走过最后日子的护工,我要付给她工钱。一个五大三粗的女人,一直都让我害怕,说起话来也是虎虎生风。她听说过楼里的惨案,很想了解一些细节。我的保留态度让她非常失望,她嚼着圣米歇尔饼,开始转移话题,说起维特罗勒的一位女面包师,她在平安夜杀了三个亲生孩子。夜里,面包师还包好礼物,把礼盒放到圣诞树下,然后她来到儿子的卧室,用枕头压在他的脸上,直到他一命呜呼。接着,她又来到女儿的卧室,如法炮制。护工说,她包好礼盒,放到树下,随后上楼结果小孩的性命。她说,就我而言,问题在哪里呢,人家给你讲这些,你居然毫无反应,死一般的沉默。在各大频道,你都会听到这个故事,但竟似石沉大海,泡都没有冒一个。先吊你胃口,马上又让你吃闭门羹。战争,屠杀,太普遍了,她又拿起一块饼说道,我呢,普遍的事情,对我不管用。我还是我。日常生活中的悲剧,却能触动我……每天都在接二连三地发生。大家都在讨论。于是也就忘记了自己的苦难。我不是说,这样就会给人带来安慰,但从某种意义上说,恰恰如此……您觉得,她为什么要把礼物放到树下? 我跟您妈妈相处得可好了,老太太呀,太和蔼可亲啦!

"是的,是的。"

"一个和蔼的女人。对谁都客客气气。"

"您该走了,阿尼塞夫人,我还有工作没完成……"

她整理了一下腰间的 T 恤衫,上面的图案让我想起六十年代的福米加塑料贴面,随后她慢腾腾地站起身来。

"我呢,关于圣诞礼物,我有自己的理论……"

在吉奈特·阿尼塞的外在形象中,只有两个元素展现出抛头露面的企图。耳环——两个那种用来塞洞的金球，以及额头的鬓发。其他部分一律很短，只有额前的长刘海除外，差不多有两厘米左右，刚好可以编成小发圈。小发圈几乎看不出来，只有我这种人，对发型特别敏感，才看得出端倪。发圈均匀地覆盖着上额，但要注意，这并不是自然拳曲的发梢，这是一缕缕精心打造的装饰性刘海；这是实打实的卷曲的刘海。

"我的理论是，"吉奈特道，"还在准备礼物的时候，这就已经降临到她的头上。厌世的情绪，降临在她的头上。"

"有可能……"

她取回了毛呢大衣。

"阿尼塞夫人，钩织靠垫套，您喜欢吗？"

"啊，您妈妈做的套子……真客气啊，不过我家里没有靠垫呢。"

"或者枕巾？"

"枕巾算是纪念，好呀！……这是您妈妈卧室里的照片！"

她一口一个您妈妈，这让我有点恼火。这种装嫩很烦人，我不喜欢。她说的是埃马纽埃尔在滨海拉塞讷的一张照片。母亲把照片装在相框里,放在床头柜上。这张照片里,外孙十二岁左右,穿着泳衣,戴着帽子。她还有另一张和让娜的孩子们拍的生日照。我一直在想,对她来说,这些照片有何意义,我的意思是在感情层面。在我看来,这些照片,其实她压根就不看,不过是习惯性地摆在床头而已。毕竟生活还得按部就班。轨道早已经在那里了。告辞之前,吉奈特·阿尼塞向我透露,她已经离开了诊所,只想专门做家政。实际上,她失业了。我说,我先问问身边的朋友,但压根就没打算给她介绍工作。我关上门,看了看照片。我看见了埃马纽埃尔矮小的身躯。瘦弱的双臂。他是全海滩最忙碌的孩子。手里一直提着桶,时而装满东西,时而空空如也,从水边到沙滩周围的灌木林,来来回回几十上百趟,不知道在营建什么迷你世界,他寻找石块、木头、贝壳,还有海中的各种生物。即使他下海,那也不是为了游泳。他站在齐腰的水中,对我说,妈妈,告诉我,你想看到谁死?我说了他中学老师的名字(纯属游戏)。

"维瓦莱先生!"

"维瓦莱先生,好吧!……您干吗呢,埃马纽埃尔?……噗嗤!噗嗤!噗嗤!"

25

他在浪花中爆发，蹦腾，让人惊骇。

"泼露兹夫人！"

"埃马纽埃尔，请将这把卡拉什尼科夫枪放下！……噗嗤！噗嗤！！！噗嗤！！"

"法鲁吉娅夫人！"

我们将他们一个个杀死。

今天，你是一家广告公司的 Content Champion。别人问你做什么工作，你会说项目主管-编辑顾问（英文头衔好太多了！）。照片重新赋予我你从前的身体。我不再去想象它。我不再打开从前拍摄的影集。那瘦小的双臂，我希望再感受一次，感受被它们拥抱。我也一样，我也不在意什么普遍的事情，这个阿尼塞说得没错。

一天，雷米毫无征兆地用双臂搂住让-里诺·马诺斯科利韦的脖子。这发生在一个礼拜天，地点是河马餐厅。他们三人一起用午餐，还有莉迪在爵士坊的一对朋友作陪。像所有孩子那样，雷米在餐桌上各种淘气，后来得到允许，跑到开放的游廊下面去玩泡泡。让-里诺盯着他，突然雷米不见了。让-里诺跑过去看。不见雷米。他走下台阶，到勒克莱尔将军大街四处查看。没有。他又回到餐厅,跑上楼去。还是没人。姥姥莉迪急得跟疯了似的。让-里诺又陪她一起出来。他们一忽儿左,一忽儿右,急得团团转,回到河马餐厅,盘问服务员,又走出去。他们呼唤孩子的名字,街上空荡荡的,四面风声泠泠。那对歌手朋友坐在桌边,呆若木鸡,再也没有动盘子。不远处,一对夫妇暗中用下巴朝他们示意,备餐台旁边貌似摆着一盆棕榈树。莉迪的女伴终于明白了暗号,她站起身来,发现雷米蹲在那里,藏在花盆后面,正为恶作剧而暗自得意。惶惶不安的马诺斯科利韦夫妇回来了。莉迪冲上去,紧紧地抱住孩子。就差没有庆祝他的重现。一切又恢复平静。让-里诺一言不发。他坐下来,脸色苍白,心情阴郁。雷米也坐下来。大家又给他点了浮岛蛋糕。他在椅子上摇来晃去,一副心满意足的神态,随后不知道为什么,他站起身来,走过去用双臂搂住让-里诺,把脑袋枕在他的肩头。让-里诺的内心急剧膨胀。他相信自己的爱无形中获得了胜利,就像所有被拒绝的恋人那样,对方一个不经意的小动作,都足以让他们热血沸腾。同样的动作,假如由已经被征服的人做出来,那就不名一文了。我还可以就此写上几笔。一个啥都不在乎的家伙,某天早上,因为疏忽大意,或者成心使坏,冷不防地给你来这么个信号,我知道它可能造成的后果。

我必须知道让-里诺姑妈的近况。吉奈特·阿尼塞的来访让我又想起了她。让-里诺把他父亲的妹妹带回法国,安置在犹太养老院。一天下午,我陪他去养老院。我们来到咖啡厅,大厅很宽敞,而且重新配置了各种功能,地面铺着小块斑点大理石,墙面很光滑,桌边的老人们坐在轮椅上,陪着访客。这真让人以为,之所以选择这些材料,那是因为它们优良的回音和共振效果。姑妈推着助步器,快步迎上来。思维敏捷。腿脚灵便。她的身体,尤其是脑袋不停地摇晃,虽然无法控制,但似乎并不碍事,只是令她说话的声音变得低沉,断断续续的。她同时操着三种语言,从前那种考究但差不多已经被遗忘的法语、意大利语,还有多洛米蒂山区的列托方言。让-里诺找了最里边的桌子坐下,正对着墙上的电视,电视的声音开到了最大,正在播放一个短片频道。谈话(如果可以这么说的话)期间,让-里诺突然用手指去拔她脸上的汗毛。她知不知道,侄子究竟怎么了?在空荡荡的大厅里,她兀自摇晃着脑袋,她在和谁说话?莫

28

名之间，我突然就开始怀疑世界的协调。各种法则似乎彼此独立，相互冲突。在巴斯德简陋的办公室里，一只苍蝇让我非常恼火。苍蝇来捣乱，我可不喜欢。我打开窗户，苍蝇并没有飞往楼前的树木，它又折回到房间里，朝内墙迁回飞去。两秒钟前，它撞上了玻璃窗，左碰一下，右碰一下，各个方向来回折腾，现在空气进来了，天空向它敞开了怀抱，它却奇怪地钻进暗影之中。我才不管那么多，就把它关在室内吧，它也是活该。它嗡嗡地叫个不停，真是讨厌，叫给它自己听得了。我甚至还想，这嗡嗡的叫声，不会是专门用来制服监狱犯人的吧。要不是因为它来回盘旋，我也不会心生怜悯。我抓起《欧洲专利公约》，把苍蝇往窗外赶，但最终也是无功而返，因为苍蝇还是躲过了网开一面的拍子，逃之夭夭，它停在天花板边上，我再也够不着了。为什么要浪费这么多时间？从前，姑妈生活在山区。她还说起她养的母鸡，母鸡回屋了，东一只西一只，满地都是。她想回到村子里，去看进山放牧的奶牛，她还想再听听悠扬的钟声。我要给养老院打电话。

律师问我，让-里诺是我什么人，我说一个朋友。他假装糊涂。他想知道,朋友究竟是哪层意思。一天晚上,那会儿我们的友情——这个词用得恰如其分——才刚刚开始,我从办公室回来,天色已晚。他站在外面,抽着切斯特菲尔德香烟,脖子暴露在外,很招风。每次一见到我,他都是这副招牌笑容,还露出一排交错泛黄的牙齿。他穿了件紧身夹克,人造革的,款式很年轻,我从没见他穿过。我说,新的?哈雷摩托在哪?

"飒拉,打折的。"

"真棒。"

"您喜欢?有点紧吧?"

我笑着与他行过贴面礼,我说,您买这个,我很喜欢啊!他也笑了。他告诉我说,售货员还夸他呢。在试衣间里面,他差点热死,十秒钟都待不住。我对他说,很少有衣服跟主人这么不般配。

"啊,真的?妈的!"

在路灯下,我们两人都开心地笑了,他咳了咳痰。他的眼镜架很厚重,他擦了擦镜片后面的眼睛。他坑坑洼洼的脸上,略微泛起光彩,我从来就没敢问他,这些坑哪来的。我先一步回家了。他还想透会儿气,也可以理解为想再抽最后一支烟。等我进了楼门,透过玻璃,只见他在停车位上来回踱步,裹着簇新的夹克,背有些微驼,他用手压着侧边的头发,高兴的神色已然消逝,又像我露面之前那样一本正经。我心想,我们就是这副模样。你也不例外,跟你的亲朋好友一样,你也在逐年老去,我仿佛正跻身行进的人群之中,我们在路上手挽手,日渐老去,迈向未知的世界。

看一幅照片,重要的是要看隐藏在背后的摄影师。倒不一定是按动快门的那位,而是选择照片的那位,说这张照片我留着、展示给人看的那个人。乍看起来,那幅耶和华见证人的照片,没有任何特别之处。没有主题,没有光线。一个穿西服戴领带的家伙,拖着疲惫的身子,正在卖杂志。简直就是五十年代电影里的配角,置身在人行道构成的大背景中。在穿越美国期间,罗伯特·弗兰克拍摄了成千上万张照片,在他最后筛选出来的照片中,我们发现了这一张。照片中间有一团白影,手腕上翻,拿着一份杂志,看得见标题《警醒》,这个词与人物凄凉的身影压根就不和谐。但是,我们不能认为,照片之所以受到偏爱,是因为它的讽刺色彩。我呢,我不记得标题,我只记得那充满忧惧的嘴巴或眼睛,我只记得一个并不存在的东西:一个薄阴天气的印象。他可以用同样的执着劲儿卖草莓或黄水仙,裹着西服的他那么纤弱,被征服者一般的高墙生生吞噬。人们会想,晚上他会回到什么地方。人们知道,某一天大概会节外生枝。

　　十天前,母亲去世了。我就在旁边。她抬起肩头,好像有点不舒服,但后来什么事也没有。我叫她。我连着叫了好几声。人死如灯灭。朋友朗贝尔告诉我,他母亲最近问他,你现在多大了?

　　"七十岁,妈妈。"

　　"七十岁,"他母亲惊呼,"你该当孤儿了,孩子!"

　　周末,我与让娜一起清空了公寓。位于布洛涅-比杨古的一套小两居。有人免费上门清理垃圾,顺便收走家具和厨房用具。所有的用品,木猪、石膏猫、烛台、普罗旺斯布娃娃、玻璃饰物、花瓶,全被横七竖八地塞进了垃圾袋。差不多涵盖了全部物品,抽屉中的东西和服装除外。五十年前我在中学木工坊制作的蘑菇形核桃夹,跟其他杂物混在一起,在旧迹斑斑的安德烈牌鞋盒中失而复得。我从来就没有想到,它居然还在。让娜已经不记得了,她不相信这是我

32

的作品。从壁柜底部的布套里面,又找到了钩织的桌布、坐垫套,还有他们夫妇用的方格印花布双人床罩,不知道出于什么未解的原因,这些都从垃圾翻斗车中被解救了出来。母亲是钩织高手。退休之后,她只有靠这个消磨时间。购物,看电视,在电视机前钩织。让娜的女儿还不会走路、穿着纸尿布爬行的时候,就已经穿上了钩织的短裙。要这干吗?让娜说道。

"可以送给一家协会。"

"谁稀罕?"

"早知道还不如一起贱卖了事。"

"是的。"

"衣服也卖了。"

"是的。"

衣服都折得很仔细,叠放在狭小的衣橱里。一直到生命终了,哪怕卧床不起,母亲都保持着体面。她说,我害怕人家发现我邋里邋遢地死去。老母亲肮脏的形象,一直是我挥之不去的心头大患。我们取出短袖衬衫、羊毛开衫,还有冬天穿的大衣。然后放到一个三级家用梯上,这也是搬家之后唯一的幸存之物。全都了然于心。所有这些东西,很多年了，我们是一直看着过来的。不入潮流、不合季节的衣服。一位普通女性的衣橱，她不声不响地生活着，出门上班，下班回家，操持家务，在仪态举止方面，从来不敢有一丝出规逾矩，从来不敢有一丝哗众取宠，在其他方面大概也是这样，但是谁又能这样说呢。让娜和我，我们了解衣橱的所有空间，几乎一贯如此，从皮托开始，她就穿这些衣服，同样粗糙的毛料衣服，差不多都是深绿、酒红或浅褐的同款套装，涤纶睡衣倒没有那么老气，但也是看着她穿了很多年。我们送她的围巾，都折得很熨帖，放在角落里。赶上时兴的潮流，我们都会送她色彩悦目的围巾，但压根就没有意识到，之前的围巾她从来没有戴过。为了防尘，围巾都包着丝光纸。让娜拿起一条缠到头上，想打扮出奥黛丽·赫本的范儿，我说，斋月什么时候开始啦？我们笑了，在空荡荡的小房子里，可以说已经没有了任何完整生命的痕迹，一种莫名的酸楚突然涌上我的喉头。胖女人阿尼塞觉得必须拿走枕巾。她说"作为纪念，得了"，还做了个服务生的手势。她本可以假装感动，假装欣赏母亲的手艺，但是没有，她把它塞进包里，仿佛只是不起眼的东西而已。我埋怨自己，真不该给她。一位毕生都在钩织的女人，她留下的那些小块布

34

料,没有任何用途,也没有谁会要。她还发明了一些图案,但是谁也不会关心。谁会对钩织图案感兴趣呢?死亡将带走一切,这倒也好。必须给新来者腾地儿。我们家里做得很彻底。《圣经》中的模式,所谓的父子传承,在我们家压根就不存在。父亲这边,母亲这边,哪边都不是。祖父母辈我一个都不认识,只有祖母除外,她是铁路工人的遗孀,只喜欢窗台上养的山雀。

楼上的公寓一直关着门。门上贴着黄标签,还有两个蜡封印。我有时会特意上楼去看看。这里发生的事情,已经慢慢烟消云散,空气一如从前,我倚在阳台栏杆上,只剩下平淡,还有女贞树、花槽中的灌木,以及新画的停车位上的小汽车。曾经,我看着马诺斯科利韦夫妇走过停车场,曾经,我看着他们上了雷诺拉古娜汽车,每逢他们结伴出门,总是她当司机。他要抽支烟才上车,她刚好有倒车的工夫。来了十八个人。我按两倍的人数做了准备。多年的好友,皮埃尔的同事,让娜和她的前夫,我的侄女,马诺斯科利韦夫妇,我在巴斯德或封-普罗夫的女伴,她们中有人还带了男友,另外还有埃马纽埃尔,虽然他只待了一小会儿。让娜带了自己做的橘子蛋糕，那样子仿佛捧着鱼子酱棒似的，她一进门就冲进厨房，给蛋糕围了块抹布，然后强行放入冰箱。我马上就发现，她现在的心情很好，这心情让我精疲力竭。我妹妹的情绪完全不稳定。每过一个小时，甚至更短时间，她都要变换心情。她的坏心情是彻头彻尾的，这是一种忧郁、几乎沉默的状态，但马马虎虎还算和善。但是，好心情更加糟糕。她哼哼唧唧，那种开心看起来矫揉造作，夹杂着小姑娘的做派，还故意一副傻乎乎的腔调。她暗中开始和一名装框匠恋爱。一开始，她非常满足，刚刚给自己买了一套情趣皮带和项圈。她立马把我拉到一边，给我看手机里的套装。她还想要一条鞭子，她在网上看见一条，非常漂亮，鳄鱼皮手柄，皮鞭分了四股。但是价格高达五十四欧元，上面写道：注意，非常鞭辟入里的用品。我想看看装框匠的头像，但她没有照片。他六十四岁，比她大五岁，已婚，手臂粗壮有力，因为他以前划过赛艇，她告诉我说，手臂上还有纹身。我在想，为什么我的生命中就没有出现过拿着鞭子的纹身男人？我觉得自己彻底完蛋，已然出局，只能晚上在郊区和家人一起搞搞聚会，来的也都是常客。我埋怨自己干吗这样想。我和丈夫过得不错。皮埃尔很乐观，生活很简单。话也不多，我不喜欢喋喋不休的男人。他受我支配，但既不是软蛋，也不是奴隶。他很柔和。我喜欢他的身体。我们彼此了如指掌。我指责他过于无条件的爱。他并没有把我置于险境。他也没有把我捧上天。他爱我，即便我其貌不扬，这真让人不踏实。我们之间没有来电，从来就没有来过电？无情的盘点！我就是安徒生童话中的杉树。总想发生点更加激越、更加醉人的事！森林，白雪，小鸟，野兔，这些都无关紧要，杉树绝不会享受这一切，因为它一心只想着长大、长高，好俯瞰整个世界。等长大了，它梦想着被伐木工人砍倒，然后运出去，做成桅杆，漂洋过海，等到枝繁叶茂之时，它梦想着被砍伐，运出去做圣诞树。杉树无精打采，欲望把它折磨得死去活来。在温暖的客厅里，人们对它进行修剪，进行装饰，挂满糖果，在顶部装一颗星星，它梦想着晚上的辰光，梦想着枝条上的蜡烛，梦想着整个森林都凑到窗户外一起来眼红它。寒冷的冬日，它孤零零地待在仓屋里，浑身赤裸，也没有了叶针，它不断安慰自己，盼望着春天的到来，盼望着外面的世界。等来到院子里，它已经形容枯槁，旁边是新绽的花朵，它开始怨恨仓屋中那黑暗的角落。等斧子和火柴出现之际，它想起了从前在森林里度过的夏日。

　　马诺斯科利韦夫妇到得最早,与纳赛尔和克洛戴特·艾尔·瓦尔第前后脚。纳赛尔两口子很优秀,也很刻板。我在封-普罗夫工作时认识的纳赛尔,他当时担任欧洲代理。后来,他成立了自己的知识产权咨询公司。克洛戴特是生物信息研究员。莉迪和让-里诺站在门垫上,仿佛费了九牛二虎之力才到达我家似的。艾尔·瓦尔第夫妇礼貌地开着玩笑。马诺斯科利韦夫妇带来一瓶香槟,让-里诺手里拿着一束淡紫色小玫瑰,花枝剪得很短。让娜和她丈夫还没到,我们六个人待了一小会儿。一段极其虚无、漂浮不定的时光,他们两两结队分别挤在长沙发两端,皮埃尔和我呢,半坐半站,忙前忙后地准备饮料和冷盘。让-里诺站在靠垫旁边,那一缕头发收拾得很熨帖,双腿自然分开,双手下垂,在前面交叉,那姿势仿佛充满了信任与期待。他穿了件紫色衬衫,我觉得非常帅气,美式的袖窿,还戴了副我从没有见过的眼镜。半圆的样式,沙子的颜色。莉迪接过西芹沙拉。没有蹦出任何单词。没有任何实际的交流。每说完一句话,沉默都悄然而至。有一刻,纳赛尔提到了布鲁纳

大街这个词,莉迪立马欢呼雀跃,啊,布鲁纳大街,我们下次
要去那里搞爵士即兴现场! 爵士即兴现场? 纳赛尔说道,
什么意思? 就是公开演出的爵士音乐会。莉迪笑着回答。

"啊,太好了⋯⋯"

"爵士即兴连演,如果您愿意这样说! 朋友或陌生人都
可以加入其中,自娱自乐。"

"啊,即兴连演! 是的,是的,很好! 您玩什么乐器?"

"我是主唱。"

"您是主唱。厉害。"

让-里诺自豪地点着头。我还补充说,她歌唱得很好,
大家都热情地点头赞同。本以为会有点小小的深入,一份
起码的好奇,没有,又陷入谈话之前的无边深渊。我朝外面
看了一眼,只见片片雪花飞舞。下雪了! 在春季第一天。
我大叫道,下雪啦! 我打开玻璃窗,冰冷的空气奔涌而入。
下雪了。甚至不是小雪点,而是大片如絮的雪花,沉沉飘
落。大家都急着冲上阳台。克洛戴特和莉迪俯身到栏杆
上,看落到地面上的雪花是否融化。男人们说,不会积雪,
女人们说,会积雪。大家开始聊气候,聊季节,聊天知道的
什么玩意,皮埃尔打开一瓶香槟,瓶塞直接朝雪花喷射而

去。污染户！莉迪抛出这么一句。大家一边碰杯，一边打趣。皮埃尔讲了埃马纽埃尔小时候的故事。父亲与儿子结伴出去待过一个礼拜，到莫尔济讷搞冬季运动。他们同住一个房间，酒店地下室里有桑拿房。一天傍晚，皮埃尔穿着浴袍，放松地回到客房，却看见埃马纽埃尔对着电视抹眼泪。发生什么了？——巴黎下雪了！——宝贝儿，这里也在下啊，你看，外面好漂亮，皮埃尔说道，山顶正夕照当头。我想回告别-云雀！孩子哭丧着脸说。他在床上翻来滚去，又哭又闹，双手不管碰到什么东西，统统扔到地上，错过了告别-云雀的雪，怎么安慰他都不行。最后，皮埃尔抓起遥控器，劈头盖脸朝他摔过去。遥控器猛然砸到墙上，埃马纽埃尔声称刚好失之毫厘，有幸躲过一劫，皮埃尔则坚持说自己瞄准的是侧边。"雪"，就是我的童年，也就是幸福，即使对我来说，它并不真实，但在脑海中，我一直记得齐奥朗这句话。让娜拿着蛋糕，一边往厨房冲，一边说，在你家过道里，我差点摔一跤，仿佛出了任何岔子，我们都应该负责似的。她脚上穿着平素少见的绑带凉鞋，两分钟之后，看到照片里的受虐套装，我才明白为什么会买这种鞋。多亏下雪，聚会开始了。客人们纷纷抵达，身上湿漉漉的，但是兴致高昂。让娜的前夫(他们分开八年了,但是关系很好,大家一直保持来往)赛尔日自告奋勇负责接待,接内话机,接过大衣外套,再随机介绍客人。我的女友达尼埃尔是巴斯德的资料员,她也兴致勃勃地赶来了。白天,她刚刚参加完继父的葬礼。在医院里,当她母亲看见棺材中的死者,不禁大呼小叫,让-皮埃尔本来没有小胡子啊!殡葬美容师没有把胡子刮干净,厚重的阴影从鼻翼一直往下延伸,颇有几分希特勒的味道。她讲这些的时候,我想起了姑妈的告别仪式,人家给她做了个特别扁平的发型,还有可怕的发缝,而终其一生,姑妈都在追求卷曲、蓬松的头发。在她困居养老院的日子里,按我母亲的说法,她那堕落了一辈子的老公,把她的东西全部拱手送给了安贫小姊妹会,只留下了她下葬时要穿的衣服。让-皮埃尔没有山羊胡,达尼埃尔的母亲重复了好几遍,声音有点抓狂(达尼埃尔学得惟妙惟肖)。据说,她在屋里团团转,撞了好几次墙。达尼埃尔超冷静地说,妈妈,安静安静,我们去解决这个问题。来了一个人,她马上提出胡子的问题,她母亲又重复说,我丈夫没有小胡子!那人带着盒子,蹑手蹑脚地走回来。刮光胡子,抹上粉,依然不像大家熟悉的让-皮埃尔,但她母亲还是欠身过去,对仰卧着的死者说,你帅呆了,我的比卢。后来,她母亲颤巍巍地走过走廊,仿佛天要塌下来似的。她对我说,达尼埃尔,你以后必须得多多陪我,你今晚干吗?我可以做一小块烤牛肉配蘑菇吗?老大,达尼埃尔心想,今晚别去朋友家搞什么聚会了,你不能把母亲独自留在家中啊……我得说,我脑中从来就没有替身称我为老大,更不会阻止我做傻事。

"我呢,我的替身称我为老大,"达尼埃尔说,"但我才不听她的。"

"你把她自个留下了?"

"我把她托付给了她的一位邻居,我得赶快来一杯!"

"你该带她来才是。"

"你疯了,发发慈悲吧!"达尼埃尔一边嚷嚷,一边喝干一杯酒。

从这时候开始,皮埃尔的同事马蒂厄·克洛斯就开始围着她来回逡巡。我正在厨房切玉米饼的当儿,埃马纽埃尔出其不意地窜了进来,那副豪爽的样子,仿佛后面还要串三个台似的。在我们一群人中间,他显得格外年轻。他确实年轻。拉勒芒夫妇带来一个鸡肉面包,朗贝尔还送给皮埃尔一本书,外面包着礼品纸。皮埃尔客气地收下礼物,顺手放在桌上，没有打开。我说，打开呀！现在，他什么都顾不上打开了！这是萨维利·塔塔科维的初版《象棋必读》。真是细心啊，因为皮埃尔曾经为失去了童年的楷模而伤心不已。我说，他现在什么也顾不上打开了，这是新鲜事呢。我是要走父亲的路吗？埃马纽埃尔插话道，我现在买了新衣服，也不会急着拆封，得放上两个礼拜，然后再穿。因为你还年轻，皮埃尔说道，早晚有一天，你等着瞧，你绝不会穿它们了。玛丽-若·拉勒芒喜气洋洋地打理着湿漉漉的头发。你现在干吗呢，马纽？我听见她单刀直入地问了一句，那口吻好像暗中串通似的。她是视轴矫正医生，生活中与年轻人关系很近。数字营销，埃马纽埃尔回答说。——啊，太棒了！我正忙着找盘子摆鸡肉面包，只听见断断续续的声音，我们给 B2B 公司做网站内容，我隐约看见玛丽-若·拉勒芒默契地扮了个鬼脸，数字化，比在融资方案里看上去更有意思，哎呀，玛丽-若真是举双手赞同。

拉勒芒夫妇刚从埃及回来。朗贝尔给大家秀金字塔照片，视野中始终都有一两个亚洲人身影，还有开罗的照片，模特林立的橱窗，有一会儿，还看到一张异乎寻常的照片。

我说,给大家看看吧,给大家看看吧! 其实没有什么;一个女人的背影,她牵着一个小孩子的手,正在行走。偶然随拍的照片,不太清晰。现在,我电脑里有放大版,因为朗贝尔随即就发给了我(因此,它在数字相册中紧挨着马诺斯科利韦夫妇满面笑容的那张照片)。在开罗街头,一位正在步行的女人的背影,她牵着一名身穿白色长裙的小女孩的手。地面铺着方砖,似乎是某个广场,或者一条宽阔的人行道。入夜时分。周围有行人、招牌、灯光闪烁的橱窗。女人体型肥硕,头上罩着围巾。对她的着装,我有点不太理解,黑袖套头衫外面,罩着一件垂到膝盖的橙色紧身长衫,里面穿一条深色裤子。身边的小女孩,一袭白裙,露着双臂,身高只及她的膝盖。连衣裙很长,一直拖到地面,她走路时应该觉得碍手碍脚,她里面穿一件紧身衬衫,领口处有隆起的褶。连衣裙太大了,根本不合身,仿佛是为成年模特设计的一般,面料显得又宽又重。孩子的小脑袋从上面露出来。后颈窝光溜溜的,中间拖着一条辫子,还有一对招风耳,以及凌乱、枯涩的黑发。她多大了? 裙子太不合身了。她被打扮得怪里怪气的,夜里还被带出来溜达。我马上就联想到多年来深以为耻的那个白色形象。小时候,家里把我打扮得漂漂亮亮。我明白，我天生并不是这样。但是本不应该给丑小鸭穿上节日的盛装。她会觉得不正常。我觉得，其他孩子都很和谐。我呢，我感觉自己特别滑稽，我穿着老女人的衣服，不能活蹦乱跳，而且一直留着短发（小时候，母亲从来就不让我留长发），头发用发卡向后箍得平平整整，拳曲的头发被收拾得服服帖帖，还亮出脑门来。还记得，有一段时间，我做功课时会把几缕假发粘在头发上。我不停地摇晃脑袋，好体会到头发下垂的动感。母亲希望我体体面面。也就是说要干干净净，精心打扮，拘束而丑陋。那个戴围巾的女人，压根就不操心小女孩舒不舒服。在她自己身上，也没有任何舒服的体验。更主要的是她对舒服没有任何概念。对这玩意，我们谁也没有概念。阿尼塞这个臭娘们，对枕巾横竖看不起，我无法原谅她。一想到这，我就辗转反侧，难以入眠。*您母亲多么可亲啊！* 她以为这样说就能讨我欢心，或者让我产生罪恶感。母亲什么都好，只是可亲除外。不管怎样，都无法用这样的言辞来形容她。打着死亡的幌子，我们让逝者失去他们最基本的调性。能讨我欢心的本该是，这个臭娘们温柔地拿过枕巾，小心翼翼地放进包中，至少在我们告别的那几秒钟内，给人非常珍爱这件物品的感觉。随后她会把它扔进迎面碰到的第一个垃圾桶。我也干得出这样的事。可谁会在意呢。假如我不需要在社会上抛头露面，母亲带着我的样子，应该与开罗的母亲不相上下。她操心的是生活中的其他事情。她双手推着购物车的时候，我就得抓着横杆。我可以这样走上好几公里，流着鼻涕，歪戴着护脸帽，而她却浑然不觉。让娜与我，一直都被裹得严严实实。每年有六个月时间，都套着护脸帽，直到年纪很大。朗贝尔展示那些了无生气的照片时，是什么细节让我突然领悟？走在暗绿色方砖上的这两个人，立马抓住了我的眼球。两个人不成比例，母亲咄咄逼人，而小不点的脑袋仿若别针那么大，虽然如此，我们还是感受到幼小生命的全部力量。照片是在聚会前不久拍摄的，那是在异国他乡，那里有着不同的气候，尽管这样它还是直击内心，将我带回到遥远的过去。母亲和我，我们很难看，穿着很怪异。我们以同样的方式，在街头兀自前行，虽然我的母亲并不肥胖，但在她的旁边，我还是感觉自己若有若无。在与让娜一道清理她的寓所之时，我明白过来，一生中，她是何等地孤独。每当父亲发狂打我的时候，她就会进到我的房间，要我别哭。她在门口说，好啦，现在，你戏演够啦。然

46

后,她开始准备晚餐,做我喜欢的东西,比如粉丝汤。在生命中最后的时日,每当我们来看她,她都洋溢着难以解释的活力。虽然耳背,她还是伸长脖子,探着脸蛋,体察所有的动作,不想错过在她面前交流的任何字眼。她素来对他人漠不关心,天然地站在一切的对立面,在行将就木之时,却仿佛被好奇心吞噬。

哪里都有耗子屎。今晚聚会的耗子屎就是乔治·威尔伯。他又吃又喝,从不帮别人,也不与别人搭话。很快,雪花就变成了细雨。乔治·威尔伯拿着盘子杯子,漫无目的地闲逛,在三三两两的人群中穿梭,后来又凑到玻璃窗前,好像外面的世界更精彩似的。皮埃尔又一次邀请他上门,我心中老大不高兴。我注意到,很多人都有这种爱好,一生中,他们总是随身带着耗子屎,还自认为好玩,别人根本就不知道其中的原因。最初,乔治是历史学者,后来他搞过动画,现在他写写画画,饮酒度日。他只剩下一张能说会道的嘴,总能吸引自暴自弃的女人。凯瑟琳·穆森一直在封-普罗夫打工,她也朝窗户走过去,想围绕大气变化的主题,试着搭讪。乔治说,他喜欢糟糕天气、雨水,尤其是这种脏兮分的雨水,让谁都厌烦。凯瑟琳开始傻笑,对他的独立特行有几分入迷。他问她干什么工作,她说是专利工程师,他回答说,跟伊丽莎白一样傻!她又笑了,解释说,她专门负责保护研究人员的发明创造。

"啊,哇。您现在保护什么专利来着?"

"我现在做的是 Opiomorphine 发明申报。或者也可以说是一种新型镇痛药的专利申请。"

"这申请用来干吗?让那些家伙大发横财,赚得盆满钵满?"

她试图解释。这会儿,她大概已经闻到他身上散发出来的酒气。乔治说,真正的研究人员才不会在乎钱,宝贝儿,他们不需要被保护!凯瑟琳还想说出"公益"这个词,但于事无补。你们啊,你们是工业界的小手,乔治继续说,那些发现艾滋病毒的家伙,才不在乎钱呢,他们感兴趣的是基础研究,基础研究,不需要你们,亲爱的女士们,你们所谓的专利,纯粹就是商业利益,你们没有保护任何人,你们保护的只是钱!他把她堵在窗户和柜子之间,凑在她眼门前说话。她憋得快窒息了,开始大叫,请不要咄咄逼人啊!周围的人都转过头去,皮埃尔马上介入,让朋友平静下来。马诺斯科利韦夫妇一把拉过凯瑟琳,给她调了一盘沙拉加拉勒芒夫妇带来的鸡肉面包。她反复问道,这家伙是谁,真是个疯子?打旁边经过的当儿,我说,这小子您才该调教调教,莉迪!酒鬼怎么调教啊,莉迪指出。我心想,有点神经质的人不能调教,那她要调教谁呢?

有一刻,只听见朗贝尔发话说,所有左派的观点,都逐渐与我背道而驰。让娜立即反驳,要是放在几年前的类似场合,她可谓拿出了杀生取义的勇气,我呢,我从来就不信这些观点!我也是!莉迪格格地笑,她在社交场合真是如鱼得水。他也是!皮埃尔说。你开什么玩笑,我这一辈子,不管大风大浪,都把票投给左派,朗贝尔辩解道,还有人指责我是老左派呢。在场的人当中,只有赛尔日要为自己争取这个称号,还有人问,在其他语言中,"左派"究竟可不可译。大家都发了言,一致排除英文中存在对等词的可能性。我们的西班牙语专家吉尔·特约-迪亚兹说,progre,还顺便列举了大胡子动漫人物老左派基科。我说,意大利语呢,您怎么说,让-里诺?只见他脸红了,突然被置于台前,让他有点难为情,他想从太太那里寻找一点儿帮助,而后者正乐颠颠的,他先是嘟嘟哝哝,最后清晰地脱口而出:sinistroide。
Sinistroide! 听到这个词,大家都笑了,还问他是否可以说
un vecchio sinistroide。他说,这个表达并没有什么不妥,但
他到底也不是本土意大利人,对这个单词也不敢肯定,总
之,在语境上,他也不能确定,他平时只和猫咪讲意大利语,
而且从来都无关政治。他赢得了大家的一致好感,不管愿
意与否,他都成为整个聚会的宠儿。

青春已逝! 赛尔日冒出一句话,正逢埃马纽埃尔不声
不响想溜的当儿。他真可怜,还得回到客厅,跟大家一一道
别。我看他站了很久,奇怪地在莉迪面前欠着身,我发现莉
迪抓着他的手,跟他说话期间一直都没有松开,就像那些对
自身魅力深信不疑的人似的,再说上了年纪也自然允许肢
体的亲密。凯瑟琳问让-里诺,他是否有孩子。他顿然满脸
放光,他说那真是从天而降的幸福,雷米的名字也随即滑到
嘴边。也许是我们在想象他的快乐。也许全都是虚幻,不
管是快乐,还是痛苦。让-里诺所谓的快乐,是身边不期而
至的孩子。他所谓的快乐,是意想不到可以照顾另一个人,
关爱另一个人。让-里诺就是这样被制造出来的。地狱般

的雷米是从天而降的快乐。

埃马纽埃尔离开的当儿，埃蒂安和麦尔勒·迪耐斯曼夫妇正好到达。麦尔勒刚刚在圣巴贝里尼演奏（她是小提琴手）德沃夏克的《安魂曲》。埃蒂安是皮埃尔走得最近的朋友。最近几个月来，他的视力日趋恶化。因为致命黄斑变性，他买了很多照明器材，存在车库里。在公开场合，他一概拒绝谈及此事，一副啥事没有的样子（现在越来越不可能了）。车库里面没有电，当他走进去存取那些帮他改善视力的设备时，他什么都看不见，除非带上一千瓦的探照灯。和皮埃尔一样，埃蒂安以前也是数学老师，现在在某些协会里教小孩下象棋。我从没有听到他抱怨过自己的境况。他的双眼渐渐失去神采，脸上却平添一种难以形容的别样的东西，坚毅而又高贵。麦尔勒也像没事儿人似的，但只要埃蒂安需要添酒，我就看见她默契地把杯子凑近瓶嘴，还有一些其他不足挂齿的小动作，都让我很是感动。

晚上的一部分时间，让娜总是手机和眼镜不离手，沉醉于焦躁的通讯联络之中。赛尔日装作若无其事。他性喜调侃(蹩脚得可爱)，当过酒店的侍者和领班，逮谁都可以聊上几句，甚至还想拿克洛戴特·艾尔·瓦尔第开心，对我来说，他让事情变得更加轻松、容易。他早就不再嫉妒她现在的生活，但我还是不明白，她为什么表现得如此粗俗。在我眼里，妹妹形同母夜叉。一个悲怆的女人，耍小女孩脾气，毫不雅致，颇为俗气。从她旁边经过时，我说，得了，也得陪陪我们哈。她看了看我，仿佛我尖酸刻薄、故意找茬儿似的，她只是稍稍挪了挪窝而已。这差点毁掉我的家庭聚会，但是看着她的背影，看着她正猫腰玩手机的姿势，看着她染过的头发垂到后背上的样子，这么多年来，她早已经陷入生活的庸常，我心想，她绝对有理由及时抓住赛艇运动员、鞭子，以及淫荡的字眼，也绝对有理由对快乐的前夫和社交礼仪毫不在乎。

吉尔·特约-迪亚兹和咪咪·贝内特罗夫刚刚从南部非洲回来（所有人都在旅游，就我们除外）。吉尔描述了他迎面碰见三头——不是一头，也不是两头——卧狮的险情。人与兽都在掂量对方，他说，谁也没有动！谁也没有动，那是因为狮子远在五公里之外，你躲在吉普车里面，用望远镜观察它们,咪咪说。大家都笑了。达尼埃尔也笑了,身子紧靠着马蒂厄·克洛斯。在安哥拉最南端,吉尔继续说,我们在鳄鱼四伏的库内内河上航行。按咪咪的说法,他们看见岩石上——也许是树枝上——匍匐着鳄鱼宝宝,这是在纳米比亚北部。吉尔表示,他还在两米远的地方近距离拍过恐怖的鳄鱼。当然了,咪咪说,他是在约翰内斯堡动物园拍的啦。她胡说八道,吉尔针锋相对,不管怎样,我们短期内没法再这样旅行了,因为咪咪再也赚不到钱了。我太太从事再保险,具体说来全凭上帝之手,也就是自然灾害部,目前因为气候反常,这也就意味着:告别分红!大伙儿都笑了。马诺斯科利韦夫妇也笑了。这就是他们的留影。让-里诺穿着紫色衬衫,戴着半圆形黄色新眼镜,站在长沙发后面,脸色泛红,要不是因为喝了香槟酒,就是因为人多兴奋,还露出满口牙齿。莉迪坐在下面,短裙往两边分开,脸蛋朝左边倾斜,笑得花枝乱颤。这大概是人生最后一笑。让我无尽回味的一笑。毫无邪念的一笑,毫不矫情的一笑,时至今日,我依旧听见它在回响,带着几分傻呵呵的底蕴,不带任何威胁的一笑,毫无猜忌的一笑,毫无所知的一笑。事先我们并不知道一切已经无可救药。没有任何稍纵即逝的阴影随着屠刀闪过。在模糊的月影下，罩着风帽披巾的骷髅，勾勒出黑乎乎的轮廓，小时候，我对此非常着迷。我至今还坚信，一定存在某种形式的预兆。寒冷，忧郁？钟声，谁知道呢？莉迪·甘比奈并不比我们中间的谁更先知先觉，她没有预感到什么会突然降临。了解到夜里差不多三个小时之后发生的事情时，其他客人都惊恐万分，惶惶不安。让-里诺也是后知后觉，没有丝毫死神将要擦肩而过的预兆，随后的时间里，他说话开始没头没脑，中了邪还浑然不觉，拿夫妻说事，突出自己，调侃对方，娱乐听众。他怎么能这样？一切似乎都那么熟悉，却又没有意义。礼拜六晚上的插科打诨，一群人你争我吵，天南海北，互相挤兑，捧腹大笑。

　　莉迪问拉勒芒夫妇，鸡肉面包用的是不是有机鸡肉。玛丽-若尴尬地说，这个呀，老实说，我压根不知道。我们从特吕风买回来的。

　　"我不知道这家店呀，"莉迪说。

　　"味道鲜美，"凯瑟琳·穆森说。

　　"好吃，"达尼埃尔跟了一句，还给马蒂厄·克洛斯切了一块，带着几分挑逗。

"您尝过了，莉迪？"我问道。

"没有，来路不明的鸡肉，我一概不吃。"

"那倒也是！"让-里诺乐不可支地说，又恢复了赛马场边的气质。

"是的，确实，"莉迪好似犯了错，被抓个正着似的，"可以这么说吧，也就相当于，我的盘子里绝不要任何肉类。"

"但她一直在操心别人吃的肉呢！"让-里诺打趣道。

"她做得对，"整个晚上也难得开次口的克洛戴特·艾尔·瓦尔第说。

"我给你们讲个故事吧，"赛马场的让-里诺粉墨登场了，"有天晚上，我们带着小孙孙雷米在'蓝方格'共进晚餐。我有点犹豫，是不是该点巴斯克鸡肉，雷米想吃炸鸡。莉迪首先就问人家，给鸡喂的是不是有机饲料。"

莉迪点头表示确认。

"等人家明确回复是有机饲料，"让-里诺继续往下讲，对语言的运用还颇有几分得意，"她又问道，这是不是走地鸡啊，鸡有没有飞来飞去啊，有没有在树上栖息啊。服务生朝我侧过身来，重复说，在树上栖息？那样子仿佛遭遇了神经病似的。我做了个手势，对他表示小小的同情，就是男人之间那种傻乎乎的、轻率的动作,"让-里诺开着玩笑,而莉迪却一本正经地重复说:"是的,鸡要上树。"

"是的,鸡要上树,"莉迪非常确定。

"你们看!"让-里诺笑了,还要大家都来作证,"服务生走开后,我对雷米说,为了让莉迪姥姥同意我们吃鸡肉,现在必须让鸡上树! 小家伙问,为什么必须让鸡上树? 她说,因为鸡也必须有正常的生活呀,这非常重要。"

"太对了!"莉迪说。

"我们说,是的,是的,我们都知道,但是我们不知道鸡也要上树!"

"它还必须在泥地里打滚呢,"莉迪继续说,同时伸长脖子摆了个姿势,再配上她的音色,即便让-里诺还饿着肚子,大概也会兴致顿消。

"啊,啊,啊!"

"为了保持丰满的羽毛。我觉得呢,单单听信你那位朋友所说,还远远不够,那个服务生真废物,对自己要上的菜都不懂,就算鸡吃的是有机饲料,我还是想知道,究竟是不是散养鸡,这也是鸡的天性嘛。"

"她说得对,"克洛戴特·艾尔·瓦尔再次接话。

"你知道,跟服务生和小孩子串通一气的做法,我并不欣赏。"

"大家总还是有笑的权利嘛,所有这些呢,也不算多严重,小意思。现在,我和雷米有新游戏可以玩了。每次一看见鸡字,或者听见鸡这个单词,我们就拍翅起舞!"让-里诺还不罢休,他半眯着眼睛,弯着手臂,双手在肩膀附近来回挥舞,这种方式太不合时宜,搞得乔治·威尔伯哈哈大笑。笑声有点嘶哑,有点醉意,让所有人都觉得不自在,只有让-里诺除外,他正在兴头上,优化了自己的飞行表演,伸长脖子,发出咯咯的叫声——没错——肩膀与肩胛骨还做出旋转的动作。差不多也算活灵活现了。乔治宣布,他将要塑造有机鸡人物。新一代恐怖分子将扩散——这是否可以称为恶魔之手——细菌病毒。他已经看到恐怖分子的形象,还给他脖子上套了条美利奴羊毛围巾。然后凯瑟琳·穆森斜眼看着他,不寒而栗,他欠身凑到她身边,低声问她,美利奴羊,你看见了吗?澳大利亚绵羊,羊毛剃得太狠了,羊被弄残了。

重温这一幕,我似乎觉得,那天晚上,莉迪再也没有开过口。虽然皮埃尔不善察言观色，但他也跟我的感受相同。当时那会儿，谁也没有在意。再说我的春日聚会，整个晚上气氛都很好。我心里这样想着，看看小客厅中的朋友们，大家都无拘无束，随意挥洒，说起话来也都嗓门偏大，有人抽烟，有人吃东西，大家不分你我，打成一片。达尼埃尔和马蒂厄·克洛斯避开众人，在过道里打情骂俏。让娜和咪咪也顾不上讲究，像孩子一般卧倒在软垫上，自个儿美滋滋地笑。我又想起了建构关系的说法，于是抛砖引玉说起了空洞的概念这个主题。大家发现有一大堆类似的概念，奇怪的是宽容也位列其中。这是纳赛尔·艾尔·瓦尔第提出来的，他坚持认为，从源头上讲，这是个愚蠢的概念，因为只有冷漠，才会宽容。如果脱离了冷漠，他说，那么宽容的概念也就成了空中楼阁。朗贝尔等几个人开始辩论，要维护这个字眼，但是纳赛尔高踞在摩洛哥椅上毫不妥协，最后还把这个概念与唯一的动词"爱"联系起来，而且激情澎湃，让大家都理屈词穷。十一点钟光景，皮埃尔的弟弟贝尔纳登门了，还带着从黑森林买来的干肠，硬得切都切不动。不管如何，大家早就开始吃甜点了。他在一家德国公司做工程师，目前正在开发一款电梯，不需要电缆就可以升降，还可以水平移动。小叔子是追女人的高手,恋爱起来只有几分钟热情,所有女人都应该立即避而远之。凯瑟琳·穆森没有得到提醒,马上就对他的魅力着了迷。早到的客人,也最早告辞。艾尔·瓦尔第夫妇刚刚起身,莉迪也开始拽让-里诺的袖子。现在,我意识到,让-里诺走的时候很是遗憾。艾尔·瓦尔第夫妇和马诺斯科利韦夫妇,在他们此前相逢的门垫上,各自贴过面就分手了。甚至还约好了,不久就去莉迪的爵士现场演唱会给她捧场。

最后,就剩下迪耐斯曼夫妇、贝尔纳和我们。贝尔纳立马对凯瑟琳·穆森破口大骂,还指责我们没有去帮他解围。她大概对他说,她已进入人生的秋季。一个女人对你说,她已进入人生的秋季,也就是要让你最终收敛阳具!我们给他讲了她与乔治的那段插曲,乔治深得他的同情。随后,大家又聊起雪。还聊到周而复始的循环,聊到相信线性时间是多么地荒唐,聊到不复存在的过去,聊到稍纵即逝的当下。埃蒂安讲,从前每当他与父亲在山中溜达,他就会和麦尔勒一道远远走在前面,断掉去路,跑下山坡,他们当时还年轻。后来有了孩子,他们也长时间地走在前面。我们回过头来,我们说,小子们,等你们真的烦死啦!埃蒂安说道。今天,他们还没有走上三步,就看不见人影了。追都追不上,自己都没有意识到,好像就应该这样似的。当时,我们在坡路下面等父亲。在小径转弯处,每当他露出身影来,就摆出一副寄情美景闲庭信步的姿态。他说,你们看见龙胆草地没有?还有勿忘草?……现在,该轮到我们放慢脚步了,埃蒂安说。美妙精致的自然,让我们也流连忘返。这一切都太快了,真是乱七八糟的。好在很快我就可以用眼睛作为借口了!……夜里,在杯盘狼藉的家中,多少都上了年纪的五个人,把脚伸在茶几上面,安静祥和,倍感舒心。在怀旧和闲聊的空间里,我们继续喝着梨酒,感觉非常自在。我想,能够与父亲在山中信步,埃蒂安真算幸运。我父亲绝对不是那号人,不可能与他在山中闲逛。抑或是在其他任何地方徒步。更别提勿忘草了!

告辞的当儿,贝尔纳问满头橘发的女人和留着德斯坦发型的男人是谁。楼上的邻居,我们回答。他们很滑稽啊,贝尔纳说,我很喜欢他。我们站到阳台上,看着他们渐次离去。贝尔纳骑上摩托,戴上硕大的头盔。迪耐斯曼夫妇互

60

相搂着腰肢,绕过了这栋楼。雪已经杳无踪迹,天空里繁星点点,空气算得上温和。

　　我对皮埃尔说:"你觉得我漂亮吗?"

　　"非常。"

　　"你不觉得让娜容光焕发?"

　　"她挺好。"

　　"比我好?"

　　"没有啦,你们两个都很好。"

　　"她看起来更年轻?"

　　"不,才不是。"

　　"我有没有显得更年轻点?"

　　"你们差不多。"

　　"如果你不了解我,只看我们两个,你觉得哪个更好?"

　　"明天再收拾吗?"

　　"不假思索的话,你倾向于谁?"

　　"倾向于你。"

　　"赛尔日在电梯里大概也会对她这么说。"

　　"理所当然。"

"你们完全没有信誉。你喜欢她的鞋子吗？你不觉得鞋带很丑？一把年纪了还穿成这样,你不觉得有点疯疯癫癫?"

"还剩下一个玉米饼……四分之三个脏兮兮的鸡肉面包……"

"确实,脏兮兮的。"

"不敢入口。我把它扔了……一大份大米沙拉……十年都吃不完的奶酪……谁都没有动过的鹅肝酱……"

"我忘了拿出来。"

"黑森林干肠,可以用来杀人。"

"扔啦。塔塔科维的书,很贴心。"

"我自己的版本更早些。"

"但依旧很贴心。"

"是的。"

"乔治来的时候就醉了。"

"他清晨八点就醉啦。"

"邀请他干吗呢?"

"他单身。"

"他破坏气氛。"

"我们睡吧。"

在浴室里,我们还不忘继续总结。

"达尼埃尔和马蒂厄·克洛斯,你觉得可能吗?"我撂出一句。

"他看起来很骚,她呢,我不知道。"

"我觉得恰恰相反。明天早上,我给她电话。"

"你楼上那位女伴莉迪,她真是在神游星空啊。"

"啊,你这样觉得! 在一座荒岛上,你会选克洛戴特·艾尔·瓦尔第还是莉迪·甘比奈?"

"莉迪! 莉迪好一百倍!"

"克洛戴特·艾尔·瓦尔第或凯瑟琳·穆森?"

"克洛戴特。至少可以说说话。"

"凯瑟琳·穆森或玛丽-若?"

"难说……穆森,如果堵住她的嘴巴。到你了:乔治·威尔伯或朗贝尔?"

"不。不可能。"

"必须选一个。"

"那我要把他洗干净,擦亮他的牙齿:乔治·威尔伯。"

"婊子。"

等上了床，我问皮埃尔，为什么我们从来没有用过鞭子、手铐和其他情趣用品。他的反应很可怕，随后又笑了。确实，对我们来说，这没有任何意义。他对我说，乔治还是贝尔纳？我毫不犹豫地回答贝尔纳。他说，你喜欢他这个傻帽！这足够让我们兴奋了！

迷迷糊糊快睡着的当儿，只听见门铃响。皮埃尔开着头灯，正在重读一本旧 SAS 间谍小说（热拉尔·德·维里耶去世之后，他苦于再也读不到新的集子）。我感觉到他绷紧了身子，但是没有出声。几分钟之后，又听见同样的铃声。皮埃尔直起腰身，侧耳倾听，他轻轻拍了拍我，低声耳语道，有人按门铃。两点过五分。我们两人等待着，身子微微前倾，他一直戴着头灯。有人按门铃。皮埃尔从床上爬起来，套上 T 恤衫和短裤，出去看个究竟。从猫眼里，他认出是让-里诺。他马上联想到漏水之类的事情。他开了门。让-里诺盯着皮埃尔，嘴上做出奇怪的动作，下嘴唇一直噘成圆环形，随后说，我杀了莉迪。皮埃尔没有马上反应过来。他闪到一侧，放让-里诺进了屋。让-里诺进来之后，靠在门边站着，双臂摇来摆去。皮埃尔也站着。他们两人就在门厅里等待。我穿着睡衣——凯蒂猫睡衣,法兰绒花格睡裤——赶出来。我说,发生什么了,让-里诺?他默不作声,一味看着皮埃尔。——发生什么了,皮埃尔?我不知道,到客厅吧,皮埃尔说。我们进入客厅。皮埃尔开了灯,说,坐吧,让-里诺。皮埃尔让他坐长沙发,他刚在上面度过了那晚的大部分时光,但是让-里诺却一屁股坐在并不舒服的摩洛哥椅上。皮埃尔坐在长沙发上,示意我坐到他的身边。客厅真让人丢脸。我们偷懒,还没有收拾。我们还说等明天再收拾呢。虽然倒了烟灰缸,但还是能闻到烟味。皱巴巴的毛巾,四散的桌布,零落的薯片盒……柜子上还排列着没有用过的酒杯。我想稍作整理,但还是觉得应该坐下来。让-里诺居高临下,坐在摩洛哥椅上。半缕发丝耷拉在脑袋右侧,半缕发丝飘忽在后脑勺,我还是头一回看见他光溜溜的秃头。房间里弥漫着一种静寂的气氛,我轻轻地问,发生什么了,让-里诺?我们看着他的嘴。他的嘴在不断地变化形状。给我们来一小杯干邑,伊丽莎白,皮埃尔说。

"你也要?"

"是的。"

我取了三个伏特加杯,倒满干邑。让-里诺一饮而尽。

在他脸上还可以看出其他怪异的东西。皮埃尔又给他斟上酒，我们也慢慢地抿着。深更半夜，三人待在乱糟糟的客厅里，在半明半暗中饮着酒，我不理解这是在干吗。过了一会儿，皮埃尔平静地说，又仿佛是在热心地提问，您杀了莉迪？我看了看他，又看了看让-里诺，我失笑，您杀了莉迪！让-里诺把小臂放在扶手上，但坐摩洛哥椅原本不该有这种坐姿，有一秒钟，我觉得他仿佛被捆绑在电椅上。我终于发现他没戴眼镜。我从来没有见过他不戴眼镜的样子。莉迪在哪里？我问道。

"我掐死她了。"

"您掐死了莉迪？"

他点了点头。

"这是什么意思，我不懂。"

"你不懂什么？他掐死了莉迪，"皮埃尔说。

"她在哪？"

让-里诺朝上面指了指。

"她死了？"皮埃尔问。

他点了点头，闭上了眼睛。

"也许还没有呢，"皮埃尔说，"我们去核实一下。"

皮埃尔和我站起身来。我跑进卧室,抓过毛衣,穿上便鞋。我又回到客厅里,让-里诺依旧纹丝不动。我们去看看,让-里诺,皮埃尔给他打气,也许她还活着呢。您知道,这样不会咽气的。

"她死了,"让-里诺幽幽地说。

"不一定,不一定,上楼吧!"

皮埃尔开始沉不住气了。他示意我赶紧行动。我抓起让-里诺的胳膊。他浑身出奇地僵硬,在摩洛哥椅上岿然不动。我说了些亲切的话,想安慰他。我说,让-里诺,您不能通宵都待在椅子上啊。

"尽管您是唯一一个愿意待在上面的人,"皮埃尔想缓和缓和气氛。

"这确实不假,"我随即附和。

"每一秒都很重要! 我们在浪费时间!"

"他说得对……"

"您得理智,让-里诺!"

"她已经死了,我告诉你们!"

皮埃尔窝在沙发上,他的脚缠住了灯线,灯一下子掉到地上,我们几乎深陷黑暗之中。

"他妈的，来得正好！"

我打开平常从来不用的顶灯。不要顶灯，行行好，不要顶灯！皮埃尔哀怨道。我打开了落地灯。经过这一连串的灯亮灯灭，让-里诺依旧雷打不动。我丈夫的态度是一切顺其自然，让-里诺则坚如磐石，似乎完全变了个人，夹在他们中间，我有点不知所措。大家都喝多了。我开始收拾客厅。清理酒杯、酒瓶，所有的残留。我拿起柜子上的桌布，到阳台上抖了抖。我把从莉迪家借来的椅子规规矩矩地排在门口。我拿出最爱的好运达手持式吸尘器，清理屋子里的碎屑。我先从茶几开始，然后是茶几下面的地毯，皮埃尔猛然走出萎靡不振的状态，一把夺过我手中的吸尘器。现在是干这事的时候呀！你觉得现在该打扫卫生吗？他站起身来，手里握着的好运达宛如一挺机关枪似的，他对让-里诺说，好了，伙计，现在上楼吧，起来，快！让-里诺稍微动了动，但他似乎已经在摩洛哥椅上生了根，根本无从脱身。皮埃尔对准让-里诺的胸口，又启动手持式吸尘器，吸住他的一截衬衫，只听见一阵反常的噪音。我大叫，你干吗？让-里诺被气流吓坏了，他突地站起来，做出防卫的姿势。我知道，这时候，我们才真正该上楼了。让-里诺理了理那一缕头发,强迫症似的往上搓了好几次,我慢慢地把他带到门口。皮埃尔套上便鞋,我们出了门。我们步行上楼,楼道里灯光昏黄,皮埃尔走在前面,穿着宽大的浅粉色短裤,大腿裸露在外面,便鞋是鹿皮的,让-里诺还没有换聚会时穿的那套衣服,当然早已经不再光鲜,我走在后面,身穿睡衣,脚下套一双人造毛拖鞋。到了他们那层楼,让-里诺在兜里翻来覆去找了半天,才拿对钥匙,只听见艾杜瓦多在门后面喵喵直叫,连抓带挠,让-里诺朝它嘀咕了几个词,是我呀,我*生活中的乐趣,安静安静,小狗狗*。我握着皮埃尔的手,感觉到几分焦虑,同时又有一种恐怖的欲望,想潜入厚重的夜幕深处。

我们进了门。他没有开门厅的灯。艾杜瓦多弓着背,在我们腿间钻来钻去。过道尽头,浴室和卧室映出亮光。让-里诺又摆出一副等待的姿势,耸着肩,晃着手,就像在我们家门厅时一样。她人呢?皮埃尔低声问道。我觉得这低沉的声音有点怪异,同时我也明白,现在已经不可能正常讲话啦。让-里诺把脑袋往卧室方向探了探。皮埃尔迈进过道。我跟在后面。从过道里就已经看见她了。双脚在床头位置,长裙皱巴巴的,还是聚会时的那身衣服。皮埃尔推了推门。她卧在那里,下巴低垂,眼睛圆睁,眼球突出,上面正对妮娜·西蒙的招贴画,画中的妮娜·西蒙一身网裙,挂满了无尽的坠饰。我们马上发现,事态非常严重。出于职业的激情(间谍系列,侦探小说),皮埃尔抓起她的手腕,查看还有没有脉搏。让-里诺也凑到门口,点了点头,恍如一位凄凄切切的证人,看到自己的最初印象得到确认,终于如释重负。他重新戴上沙色眼镜。皮埃尔惊愕地看着让-里诺。他说,她真的被您……她死了。让-里诺表示同意。大家都定在那里不动。后来,皮埃尔说,也许该……该给她合上眼睛。

"是的。"

"您来弄吧……"

让-里诺靠近莉迪身边,把手放在她的眼皮上,一个纯净的宗教动作。可是下巴还一直垂着。我说,难道就不能稍微归位吗?……让-里诺拉开一个抽屉,里面叠放着各种丝巾,我拿出最上面那条带浅色印花图案的透明面纱,让-里诺按住莉迪的下巴,帮她合上嘴,我赶紧把她的头裹住,在下巴处用全力打了个结。她这样好看多了。她就像在户外树荫下睡着了的样子。为什么呢，我们不知道，让-里诺还帮她穿上鞋子，红色平结系带浅口鞋。看着乱糟糟的床罩上的腿，真是难以想象，双脚和缀满饰物的脚链从今以后再也不属于任何人了。这个形象不经意间定格在我的脑海中：从长裙边缘到床沿，距离墙壁还有几厘米，细嫩的大腿，光滑的双脚，被置于绗缝织物上面，恰似粗暴地做爱之后的场景。莉迪·甘比奈曾经的形象。脚链上有一个小饰物比其他的都长，我虽然没有戴眼镜，但照样认出那是鸮或猫头鹰。这个紧贴肌肤悬挂的小鸟有什么含义？五斗橱上面也摆着一个锡制猫头鹰。为了支撑人间的生活，大家都喜欢佩戴传说中的物件。当我环顾照片中定格的世界时，正是它们吸引了我，所有这些宛如哀歌的细节。衣服、小玩意、护身符，那些林林总总或美或丑的用具，静默地支撑着人们。皮埃尔说，现在该报警了，让-里诺。

"报警。啊，不，不，不。"

皮埃尔瞅了我一眼。

"那您打算怎么办？……"

"不，不报警。"

"让-里诺，您已经……悲剧已经发生了……您还下楼找过我们……您让我们怎么办？"

皮埃尔站在五斗橱旁边，声音严肃，手势认真，但粉色的短裤多少削弱了这一切的分量。艾杜瓦多围着床转来转去，让-里诺耷拉着脑袋，目光追随着它的一举一动。

"我们叫个人，您愿意吗？……律师？我认识一位律师。"

艾杜瓦多跳到夜壶上面。陶釉夜壶上面放着一个圆木盘(奶酪盘?)，我心想，床边摆一个夜壶，这主意倒不错，我每天夜里要起来撒三次尿呢。让-里诺说，不准上夜壶，又轻抚了它一下，想把它赶下去。艾杜瓦多才不管那么多，现在的高度刚好看得见莉迪的尸体，它正忙不迭地详加审视。

"你会难受的，小宝贝……"

"让-里诺，还是该多少配合配合，"皮埃尔又开腔了。

"是不是到客厅去?"我说道。

"可怜的小土豆……"

皮埃尔到窗前去看了一眼。他拉上窗帘。穿着青绿色便鞋、薄薄的粉色短裤，他宣称道，我呢，我告诉您，让-里诺，如果您不报警，到时候，我们也要报。

"不该我们来报警!"我抗议道。

"不该我们报警。但总得有人来报。"

"不要待在这间卧室里,我们得冷静地想想。"

"想什么,伊丽莎白? 这女人被她老公掐死了,一时冲动,我们别问细节了,必须报警。您呢,让-里诺,别心不在焉啦。您倒是说说话呀,用我们听得懂的语言,别一副要死不活的样子,还操着意大利猫语,我们头都大了。"

"他受了刺激。"

"他受了刺激,是的。我们都受了刺激。"

"不要再火上浇油了,皮埃尔……让-里诺,您有什么建议? ……让-里诺? ……"

皮埃尔坐在黄色天鹅绒扶手椅上。让-里诺从兜里掏出一包切斯特菲尔德香烟,点燃了一支。烟雾在莉迪的身体上面升腾。他马上用手驱散了烟雾。后来,他伤心地——在我看来——看着自己的妻子说,我能和您单独说一会儿吗,伊丽莎白?

"您想对她说什么?"

"就一会儿,皮埃尔。"

我给他一个小小的示意,表明形势完全可控,我一把拉起让-里诺,带他走出卧室。让-里诺闪进浴室,随即关掉我

身后的门。在黑暗中,他悄悄对我说:

"您能帮我把她放到电梯里吗? ……"

"这……怎么弄?"

"放进行李箱……"

"放进行李箱? ……"

"她很瘦小,也不重……必须陪她到下面……我不能坐电梯。"

"为什么陪她?"

"为了安全到达呀。免得万一楼下有人呼叫。"

我觉得合乎逻辑。

"您打算拿她怎么办? ……"

"我知道放哪里……"

"您用车载她去?"

"车子就在楼前。只需要您帮我把她运下去,伊丽莎白,其余的事情,我自个儿负责……"

浴室里弥漫着熟悉的洗衣液味道。我们完全身处黑暗之中。我看不见他。只听得见他急切、苦恼的声音。我心想,还得保证停车场没人才行啊……门突然打开了。

"你还想帮这个疯子把他老婆塞进电梯,伊丽莎白? ……"

74

皮埃尔用钳子般的手紧紧抓住我的胳膊（他的手又大，又有力）。

"我们下楼,我要报警。"

他要拽我走,我抓着挂钩上的浴袍使劲反抗,其实也没有坚持到三秒钟。大概碰到了电源开关,墙上的霓虹灯亮了。一切都变得昏黄,从前在皮托家中的那种昏黄。走吧,伊丽莎白,回您家吧,我的小伊丽莎白,我疯了,把我留下吧,让-里诺伸长双臂,哀求道。

"那您想干吗呢,让-里诺?"我说。

他坐在浴缸边缘,头埋在双臂之间。他微微地摇摆,眼睛没有看我们,他呻吟道,我要恢复冷静,我要恢复冷静。在拥挤的浴室里,在墙上的晾衣绳下方,他蜷缩着身子,头发散乱,让我一时间心痛难当。

皮埃尔又开始拽我。我说:"不要拉扯了!"

"你想坐牢吗? 你想让大家都坐牢吗?"

"怎么了,让-里诺? 您疯啦?"

让-里诺嘟嘟囔囔。皮埃尔说:"我不知道您在说什么!"让-里诺把目光躲到一边,像挨训的孩子那般专注地说:"她踢了艾杜瓦多一脚。"

"莉迪踢了艾杜瓦多一脚?!"我重复问。

"她踢了猫一脚,他掐死了她。我们呢,我们正互相拉扯。"

"可她喜欢动物啊!"我说。

让-里诺耸了耸肩。

"今天下午,她还让我签请愿书呢!"

"什么请愿书,你签啦?"

"就是抗议捣死小鸡仔!"

"走吧,走吧,得了,"皮埃尔厌烦地说,一边把我往大门口推。

艾杜瓦多竖起毛发,呲牙咧嘴,溜进了浴室。

"宝贝儿,不要怕⋯⋯它有肾结石,小可怜。"

"您报警吗,让-里诺?"我问道,"应该您来做呀。"

"没有别的办法,"皮埃尔说。

"是的⋯⋯"

"没有别的,让-里诺。"

"是的。"

皮埃尔打开门,把我推到楼道里。在他关上门之前,我叫道:"您想我们陪您待着吗?"

"你要把全楼都吵醒吗!"皮埃尔压低了声音,小心翼翼地合上门。然后,他用钢钳一般的手揪住我,把我拖进楼梯间。回到家里,他还把我一直拉进客厅,仿佛害怕被别人听见似的。他想拉上装饰窗帘,却生生扯掉了一个角。

"你搞什么?!"

"什么破帘子!"

他灌下一满杯干邑。

"你想帮他消尸匿迹,伊丽莎白?"

"你跑到门口来偷听,很过分哈。"

"你都打算带着尸体坐电梯了？……你想独自下五层楼,陪着一具尸体？……你倒是回答呀。"

"是在行李箱里。"

"哦,不好意思!"

"如果你多一点耐心,你就会知道啦。"

"你意识到没有,我们在说什么？这真的很严重,伊丽莎白。"

我突然浑身发冷,脑袋疼。我加了件披肩,然后到厨房去烧水。我端了杯药茶回来,蜷缩到沙发的一角,与刚才马诺斯科利韦夫妇坐的位置正好相对。皮埃尔走来走去,一直站着。我说,把他自个丢下,太可怕了。皮埃尔在我身边坐下来,给我揉肩膀,我不知道这个动作是为了给我暖和身子,还是为了安抚我慌乱的心情。停车场另一侧,整栋楼都是黑灯瞎火的。大概只有我们还在熬夜。我们和楼上的邻居。莉迪穿着礼服,黑猫在为她守夜,还有被摞在浴巾下方的让-里诺。从前,我看过一本童话书,在被纺锤刺破手指之后,公主沉沉地睡去。人们把她放到金银织绣的床上,她有着珊瑚般的头发,红润的嘴唇。手机上收到一条短信。皮埃尔说,不要回复他。

"是你儿子!"

埃马纽埃尔写道:"太棒了,你的春日聚会,妈妈!"还附带发了个笑脸和雪人。不知道为什么,我顿时热泪盈眶。深更半夜的信息。雪人。这个小小的笑脸,立马让你想起所有的过往,想起失去的曾经。孩子们远远地走在前面,就像山路上埃蒂安和麦尔勒的子女们。一如我自己,已经冲得很远,远离了父母。之所以忧郁惆怅,往往不是因为大背叛,而是因为周而复始、微不足道的小失去。小时候,埃马纽埃尔有家商店。在卧室的角落里,一张矮小的桌子上面摆着商品,他坐在商品后面。他卖的都是自己制造的玩意,各种各样画有装饰图案的彩纸卷、厨房纸卷、卫生纸卷,还有从大自然搜罗来的东西,同样上了色的橡子、树枝,还有泥人,不一而足。他还特别发行了"青酱"钞票,只有纸币,也就是胡乱撕碎的纸张。每天,他都会从卧室通知:"商店开门啦!"不管是皮埃尔,还是我,我们都无动于衷,因为对这句话早已经习以为常。他也不会再次重复,随之而来的就是鸦雀无声的寂静。有时候,我倏尔记起,自己听见过这句话,于是开始想象这名正在铺子里恭候顾客的孤零零的小掌柜。我拿着"青酱"钱夹子走过去。他看见我来了,非常开心,同时也表现得相当专业。我们互相用您称呼。我选择货品,付钱,转身离开,拿走一袋从溪流中捡来的上了彩的小石子和板栗,还有白色圆垫上面微笑或气呼呼的泥人脸蛋。在那份空洞的概念名录中,记忆的义务占据着靠前的位置。多么荒谬的说法!逝去的时光,好也罢,坏也罢,不过是一地落叶,应该付之一炬。我们还列出了哀悼工作。两个完全空洞的说法,而且还彼此矛盾。我对皮埃尔说,我怎么回复?

"你可以告诉他,一小时之后,邻居弄死了他老婆。"

"他肯定认为我们正呼呼大睡呢。"

我们俩都钻进披肩,仿佛要在沙发上过夜似的。突然,他站起身来,只听见他在门厅里一阵乱翻。他拿着工具箱回来了,在窗前打开了折叠梯。我看着他爬上梯子,还是同样的短裤和便鞋。他头脑发热,要去修窗帘杆。轨道里的滑轮卡死了,窗帘布的卷边也撕裂了。他想试着修理。他一边翻箱子,一边问我有没有备用吊钩。我说,我压根就不知道。他很冒火,抓住拉线,使劲拽亚麻布,所有的挂钩都往上蹿,最后乱成一团糟,全都弄掉了。我木然没有反应。皮埃尔坐在折叠梯顶上,弯着腰,腆着肚子,叉着手,前臂搁在大腿上。就这样,我们没有说话,奇怪地待了一会儿。我忍不住想笑,但多少还是克制住了,用靠垫把笑声压了回去。他下到地面,收起折叠梯,与工具箱一起放回了门厅。回来的时候,他说,我要睡了。

"好。"

"我们睡吧。"

"好……"

让-里诺送的那一小束紫色玫瑰,插在水杯中,放在书

架的边缘。我甚至都没有想到拆去绳子。我找到另外一个
器皿,最后把花插进了香水瓶。我们到养老院去看他姑妈
的时候,让-里诺买的是银莲花。他告诉我,您来送吧。我
拿着花,在走廊里等他姑妈。两侧墙边都有木制扶手,只见
一个女人的背影,拄着拐杖,穿着厚厚的弹力袜,正在往前
走。姑妈现身了,推着助步器,直奔咖啡厅而去。我笨手笨
脚地送了花,姑妈瞧不起巴黎的切花。那些花被留在公共
大厅的玻璃瓶中。我把香水瓶放在茶几上。玫瑰花像假的
一般。整个花束配上色泽黯淡的水晶,宛如墓碑石上的装
饰。抑或是此时此地的情境,造成了这种不正常的感受。
让-里诺独自在上面干吗呢?皮埃尔在卧室叫我。我说,马
上过来……我们怎么可以扔下他呢?

他曾经死拉硬拽着皮埃尔和我去"寺庙小院",这是一
家咖啡馆,每周三次会摇身一变成为爵士俱乐部。全都是
他来安排,也就是说提前半个小时,他就早早到达现场,除
乐手之外,几乎还空无人迹。墙壁上的扩音器播放着经典
爵士主题,周围的小圆桌一字摆开围成凹形。让-里诺穿得
暖和和的,他把我们安顿在靠近小舞台边缘的位置,准备登

台的钢琴手、低音提琴手、打击乐手都待在那里。我们说，这么近吗？他希望我们能够看见莉迪，不受柱子或其他观众的干扰。我倒是觉得，他每次都找到了他的位置，开场揭幕的位置。他马上招呼老板，私下做一番介绍，也不征求我们的意见，就点下三杯潘趣酒。听众渐渐入场了，各个年龄的人都有，穿的衣服也不入时。我还记得，有个家伙在场子里来回走动，他满头银发，头顶罩着纸板，反穿一件羊皮夹克，露出白花花的羊毛来，里面打底的是红色衬衫。麦克风架上挂着一张书写板，有人留下了自己的名字。那是在为即兴爵士演唱会作登记，让-里诺讲解道。莉迪到了，喜气洋洋，活力四射，还没有给我们打招呼，就先冲向书写板。一开始，乐手们只是演奏，后来小号手唱起了《我太容易坠入爱河》。我心想，很久以来，我都不容易坠入爱河了，很久以来，我都不再和陌生人到这种乌七八糟的地方凑热闹了。之后，歌手们又手拿曲谱，登台献艺。不管谁出场，观众都热烈喝彩。让-里诺最热衷于鼓掌。一位穿圆点长裙的女子把德语版《恶之教典》彻底毁了，在介绍那个穿羊毛领的男子（我的最爱，现在还会想起）时，小号手把他比作格雷格，他独辟蹊径即兴编曲。凭着手势的烘托，对麦克风的挚爱,对补充的小号音色的心领神会,他独自将这一切展现给世界,他戴着亮闪闪的银耳机,离我们只有半米距离。让-里诺拍着手,莉迪则完全投入其中,身子摇来扭去。她认识他,这是一位常客,平时在国营铁路公司当检票员。她正忙着补唇彩的当儿,小号手大声宣布,现在一起来听莉迪演唱!让-里诺朝皮埃尔转过身去,他和皮埃尔从来就没有任何特别关系,他一把搂住皮埃尔的肩头。他脸色通红,也许是喝了潘趣酒,也许是紧张,也许是自鸣得意,他还瞟了瞟周围的桌子,目测大家的专注程度。莉迪唱起了《我心中的风车》,幽回婉转,如泣如诉,等唱到"土星环"和"狂欢节气球"时,又气息饱满,慷慨高歌。在前面聚光灯的映照下,黄褐色的耳机与耳环一道熠熠闪光。她嗓音细腻,音色非常年轻,转调中透出几分天真气息,与她的外表有些脱节,给人一种精力充沛的感觉。演唱《我心中的风车》时,她并没有延宕歌词,不像街头的童谣,只是原地踏步,消磨时光。这是个有趣的女子,她完全属于别的地方,属于别的时代。还得看看让-里诺。他体验着幸福,早已在椅子上飘飘然了。她没有看他。也许不在乎。她唱起那些分手的歌词,带着几分孩子般的轻快,"鸟儿从巢中坠落,脚步消弭掉踪迹",她换着腿,单脚着地,左右摇摆,身上的小饰物一浪一浪,起起落落,说到底,她生活在当下,对周遭一切完全无动于衷。让-里诺朝前探着头,绷紧身体,守望着自己的偶像,不需要任何的回报。有那么一会儿,他感觉到我在观察他,于是赶紧打直腰身,就像被抓了现行似的,又幸福又局促地朝我微笑。为了掩饰窘态,他还把手机架在桌上,给莉迪拍了张照片,瞬间的抓拍,无需讲究角度,至纯至美本就不需要任何动作。我们三人把掌声拍得震天响。我知道,皮埃尔心里窝火,但他还是客气地迎合。好像其他桌也都在为莉迪鼓掌。她在话筒后面稍作停留,一副乐颠颠的样子,然后不慌不忙地退场,其他歌手则完全两样,一等演唱结束,就羞答答地逃之夭夭。出去抽烟之前,让-里诺又要了四杯圣詹姆斯牌朗姆酒,皮埃尔想示意阻止,却并不管用,我不禁噗嗤一笑,莉迪又满面春风地坐下来,轻轻拍着祖露的领口,小号手说,现在让我们来听让-雅克演唱!这是一个温馨愉快的夜晚,但它注定要被遗忘,注定要被人生无数个夜晚模糊淡化。现在,对我来说,"寺庙小院"似乎已经遥不可及。那名穿圆点长裙的女子,那名相信可以用口琴演奏《带我飞向月球》的男子。我们四人站在人行道上,早已喝得醉醺醺的,齐刷刷地扑向一辆载着客人的出租车,马上就被轰了下来。在最早登台的几位歌手中,有个家伙问我,你经常来吗?

"头一回。"

"头一回,我可不敢。"

曾经的岁月轰然倒塌! 就像遗忘者之墙,早已灰飞烟灭。我经常想起威尼斯的圣米歇尔公墓。十一月的一天,雾霭沉沉,我与皮埃尔、贝尔纳一道去那里游览,几乎别无人迹。圣米歇尔岛上,无数隔离开的空间、单元、地块、场地,纵横交错,恍如迷宫。整个岛上都是坟墓。一条条存放骨灰的走廊:一堵堵贴满照片的墙,一面面缀满假花花瓶的墙。成千上万的照片中,死者穿着衣服,戴着帽子,正调皮地嬉笑。我们信马由缰,走得晕头转向,却没有碰见任何人影。正是工作日午餐时间。一座墓碑上写着这样的铭文,*你将永远与我们同在,与爱同在,你的爱玛*。这句话豪气十足,让我震撼。似乎某些人在世间会长生不老似的。就像两个世界应该保持彼此分离,在存放骨灰盒的地方,还有一道遗忘者之墙。脏不拉几、灰不溜秋的墙面。名字与日期已经斑驳难辨。在一块稍清楚的牌子上,还能看到一九○

五的字样。任何地方都没有照片，什么也没有，除了一两束固定在石板间的瓷花。在世间，他们已经不再与任何人同在。白乎乎、黑黢黢的墙面颜色，在我眼里恰如昔日的色调。我们来到这个世界上，就应该放弃任何恒久的想法。在里亚托桥附近，还是那个大雾弥漫的日子，皮埃尔送我一条栗蓝相间的短羊绒披风。我看见橱窗中的半身模特穿着它，商店里光线昏暗。门开起来特别费劲，有人过来帮忙，他的手臂半边麻痹。硕大的柜台占据了内部空间。墙边货架上，货物几乎都套着包装。他用几乎半残的手臂，从抽屉里取出几个透明袋子，里面装着色彩各异的披风。没有让人中意的颜色。他马上明白，应该取下陈列在橱窗中的那一件，他一边嘀咕着什么，一边朝店铺后面走去。来了一个女人，也并不比男人热情，她缩着脖子，着装与在户外无异（店里面很凉）。她挪开凳子，来到橱窗边，开始拆模特身上的别针。我对着镜子试披风，镜面模糊，什么都看不清。我转过身来，面朝他们几位。皮埃尔觉得不错，贝尔纳觉得像家庭妇女。那对男女压根没有发言。他们显得老气横秋，一副事不关己的样子。我们买下了价格实惠的披风。那女人小心翼翼地叠好披风，放进一个漂亮的袋子里，我一直留着这个袋子,上面写着羊绒·意大利制造几个字。也许全天就只卖出了这一件商品,但他们并没有显得特别开心。他们大概在那里工作了很多年,目睹了客户的日渐流失,当地社区的体面人士,要么已经搬到别处,要么已经离开人世。以后等他们走了,华人会接管他们的店铺,销售箱包。城里每一百米就有家箱包店,悬挂、陈列着各种皮包,同样的色调。抑或来一位冰淇淋商贩,装上光怪陆离的霓虹灯。抑或干脆来一帮年轻人——虽然可能性很小——开起时装店。但是,时装店跟箱包一样,也属于这个瞬息万变的世界。那对不讨喜的男女,属于更加慢性子的人。我说的是更加慢性子,而不是更加持久。他们在某个地方,在风景里,他们多少还留在我的记忆中。

在巴斯德,我们部门所在的那栋楼,以前是一家医院。它建于二十世纪初,已经被列为保护遗产。石头红砖楼,俨然历史建筑的形象。两侧的翼楼被花园隔开,中间连着一座美轮美奂的温室,温室早已改变了功能,因为玻璃有坍塌的危险。但是,里面的植物继续生长,宛如一座小小的丛林。我的办公室在一楼,窗外是篱笆和树。后面是一栋新楼,外面是玻璃幕墙。阳光明媚的日子,我们这栋楼的影子会投射其上。我遐思迩想,设身处地地想象里面的生活,从前隔离传染病的时候,那些木头病床,那些戴白头罩或面纱的护士。我看到了此前不曾看见的东西。

过了一会儿,再也听不见卧室里有任何动静。我走过去看了看。皮埃尔盖着被子,躺在他那一侧。已然入睡。呼呼大睡。然而,在楼上,在天花板的另一侧……我在床沿上坐下来,看着他灰白的头发。我喜欢他的头发。他的头发茂密、拳曲。我抚摸他的头发。他没有醒。我有点惊愕。他后来说,整个晚上都心神不定,在满屋狼藉中喝了那么多酒,确实累坏了。没关系。他已经躺下,盖上了被子,摆出了入睡的姿势。他孤零零地留下我。不再管我。他用铁爪把我抓了回去,然后就放手不管了。我想屈从于那个父亲般的声音,只要它依旧坚定。那个严肃的声音怒吼了两秒钟,然后就不再继续理论这事。这家伙睡觉了,独自丢下你。他不再关心你。他一本正经,还差点报了警,我觉得多少有点喜剧,但心想,他也是为我担心。他在保护我。因为,他要把我弄回家,不再插手后面的事情。不再担忧,也不再操心别人。但没有履行承诺。我坐在床边想，在黑暗中，他一点好奇心都没有，这怎么理解呢？对各种犯罪类社会新闻，对芸芸众生的苦难，皮埃尔向来都不敏感。他从中看不到任何黑暗的维度。对他来说，这是臭事，或是烂事。在某种意义上，比起丈夫来，我更接近于吉奈特·阿尼塞。我走进浴室。坐在马桶圈上，我研究了格温妮斯·帕特洛的抗衰老护肤品附赠的小样。死海泥营养面膜整个晚上都可以发挥效果。我一边思索，一边往脸上抹。没有任何明确的想法。一天，在电视上，我听见有个年纪根本就不算大的家伙说，上帝引导着我，我每天都要征求他的建议，包括来上电视节目。近些日子，上帝的建议非常多。我还记得，有一阵，这种话大概会让人哄堂大笑。今天，大家都觉得再正常不过，包括在知性的演播室里。我倒希望有人强迫我，或者给我指点迷津。浴室里空无一人，甚至也见不到那个叫你老大的替身。我来到门厅，从猫眼向外打望。漆黑一片。我回到客厅里，把灯关掉，微微推开窗户。我站在阳台的一角。停车场了无人迹。马诺斯科利韦夫妇的雷诺拉古娜就停在楼下。我听了听潮湿的夜，万籁俱寂，有几丝微风，还有一台马达。我合上窗户。上面再没有传来响动。

我在客厅里团团打转,穿着人造毛拖鞋来回踱步。出乎意料的是,在家具之间,我开始轻轻地蹦跶。不管如何,我身上有某种东西,开始翩然起舞。我曾经有过这种难以压制的轻率之举,在那些时刻,仿佛灾难并没有猛然降临在你身上。这是一种缓期的迷醉吗?一种恍若置身颠簸中的小船上的感觉,一副傻乎乎的模样,宛如吉奈特·阿尼塞(依旧是她)似的,抑或一种摆脱虚无的时间的感觉?在今夜的日程中,突然有几分发生事故的可能性。丈夫把我撂到一边,我可以再次走入楼梯间。即便诺言落空,那也不错,在失意的空间里,还活跃着我们的浮士德基因。在我的生物学导师斯万特·帕博看来,我们与尼安德特人的区别,仅仅存在于某个染色体的细微改变。异乎寻常的基因组变化,让我们奔向未知世界,让我们跨越茫茫海洋,天际线上的彼岸毫不确定,它激发了人类探索、创造和毁灭的狂热激情。总之,疯狂的基因。我回到卧室里。皮埃尔还睡得很沉。我随手抓起羊毛开衫,到门厅拿起钥匙,不声不响地出了门。到了楼上,我一边敲门,一边低声呼唤让-里诺的名字。他开了门,但并不惊讶,他手里拿着一个注射器。感觉屋里有烟雾升腾。我正在给它吃药呢,他说。在那一秒钟,我以为他说的是莉迪,以为他在胡言乱语。跟着他进到厨房,我才反应过来,他说的是艾杜瓦多。它有肾结石。每天得吃六片药,新的猫食疗法对它完全不管用,让-里诺一边忙碌着,一边说,您坐吧,伊丽莎白。

"小可怜。"

"第一天,喂它吃一片抗生素,花了我一个半小时。兽医告诉我,您把药片塞到它嘴里,然后合上它的上下颌。说得轻巧。我一松开它的嘴,它就把药片吐了出来。我搞明白了,要让猫把药咽下去,必须让它的颌骨一张一合,就像在咀嚼一样。但最烦人的,"让-里诺继续说,"就是汤药。"

他一边说着话,一边把碗里用勺子调好的东西倒进婴儿注射器。

"吃了这些猫食,它就会拉稀。兽医说,这不是猫食,只不过我这么叫而已,这是利尿药。它吃起来狼吞虎咽,很喜欢,随后就要拉稀。抗生素和抗结石那些玩意,我也找到了办法。药片很小,就跟隐形眼镜差不多大小,但抗痢疾胶囊,我必须得用水融化,然后用婴儿注射器喂它。好啦,这死鬼呢?我去找找看。"

我自个儿在厨房待了片刻。桌子上,摆着印有莉迪照

91

片的宣传册。莉迪·甘比奈，音乐治疗师、音响治疗师、西藏颂钵音疗师。折页的照片里有一面锣，下面写着一句话，声音与节奏比文字与意义更为重要。我看了看操作台上的柳条筐，筐子上围着一圈普罗旺斯式棉布饰边，我能叫出那一小捆香料的名字：大蒜、百里香、洋葱、牛至、鼠尾草、月桂。巧手摆成，非常美观，我心想，这是要做一道菜呢，抑或仅仅是为了增加生活情调？让-里诺怀抱着艾杜瓦多回来了。他坐下来，开始给小猫喂药，就像给婴儿喂奶瓶似的。看到这只猫，一个充满野性的小坏蛋，我从来就觉得不自在，但是它在那里却服服帖帖的，任由处置，一副受尽侮辱、听天由命的态势。这最累人了，让-里诺说，必须非常小心，不能让它噎着。这话说的？他的姿势几乎就是在演示？我马上觉得，他在交代艾杜瓦多的未来。总之，他想要将它托付给我们。我惊慌失措。我说，您想干吗，让-里诺？

"前天，它喝得太快了，不停地咳啊咳，差点憋死了。"

"莉迪呢，您打算怎么处理？"

"我要报警……"

"是的，当然。"

"皮埃尔去哪里了？"

“他睡着了。”

猫安静地喝着药汤。桌子上放着药盒。我心想，既然叫这名字，里面必然含有安定的成分。让-里诺埋着头，盯着小猫的脸。从进我们家门开始，他的声音就变得生硬。脸和嘴也更加紧绷。我见识过最富于嘴形变化的高人：米歇尔·舍玛玛，奥古斯特·雷诺阿中学的英语老师，一位奥兰省犹太人，对收割机一词老是念念不忘，发音的时候，他总是噘着下唇（多年以来，时至今日，我都在想，面对一群城里的学生，而且刚刚开始学英文，干吗要迫不及待教“收割机”一词）。让-里诺把注射器放在桌上。艾杜瓦多窜到地上，跑出了厨房。我们没有说话。我很喜欢米歇尔·舍玛玛，他一直穿灰色法兰绒裤子，海蓝色西服便装，一袭金属扣子。也许他还在人世。我们当时还是孩子，也没法判断老师的年龄，他们大都显得暮气沉沉。您又回来了，真好，让-里诺说。发生什么了，让-里诺？我原本并不想这么直接，但又一时词穷。言语可以反映表达的障碍。一般情况下，大家都能感觉到，也可以很好地调整。让-里诺摇了摇头。他俯下身去，从吧台上拿了个橘子。他也递给我一个。我拒绝了。他开始剥橘子皮。我说，您在家里看起来很幸福啊。

"不。"

"不？……"

"不对……我，我幸福。"

"没人强迫您。"

他把橘子放在一片剥下的皮上，拿起一瓣橘子，开始清理白色的橘络。

"我对什么都没感觉了。我是不是禽兽，伊丽莎白？"

"您麻痹了。"

"当时我也哭过。但我不知道，这是不是伤心。"

"还不是。"

"啊，是的……是的，是这样。还不是。"

他一瓣一瓣拿起橘子，去掉橘络，却没有送进嘴里。我死活想问他，您准备拿艾杜瓦多怎么办，但我又害怕这么一问，马上会让他占据先机。我还想问他新眼镜的事情。扔掉深色方形眼镜，换上沙色半圆眼镜，总不会平白无故吧。笨重的镜架总让人想起他童年时期的脸庞。很多深不可测的元素，让你走近一个人，让你去爱他，这其中就包括他的脸庞。但不可能对脸庞进行任何描写。我观察他隆起的长鼻子,扁平的鼻头,从鼻翼到嘴唇之间长长的人中。我想到他自然错落的牙齿,与现在那些满口假牙截然不同。就在让-里诺捏弄橘子皮的当儿,我永远记录下了他脸上流露出的三种特质:善良,痛苦,快乐。我说,我还从来没有见过这副眼镜。

"新的呢。"

"不错呀。"

"罗歇·丁牌。醋酸酯的。"

我们相视一笑。肯定是莉迪挑选的眼镜。他自己绝不会选这种幻彩色。卧室里传来哗啦一声响。我顿时一惊,站起身来,可笑地朝冰箱贴了上去。让-里诺出去看个究竟。我这反应,真是羞人。就算莉迪苏醒过来,好歹也算喜讯,犯得着害怕吗?不,不,起尸还魂总归还是很恐怖,所有的文学作品都言之凿凿。我站到厨房门口,侧耳倾听。低低的声音,让-里诺的意大利语。我听见他关上了卧室门,过道陷入沉沉黑暗,他又出现了。艾杜瓦多想从夜壶跳上床头柜,结果打翻了盖子,它不但没有跳上去,还掀翻了床头灯。让-里诺又坐下来。我也坐下。他取出切斯特菲尔德香烟。我可以抽烟吗?

95

"当然。"

"它没有参照点。通常它无权进入卧室。"

三十年都没有干过的事，我又开了戒。我拿起一支烟，点燃。我直接把烟吸进肺里。喉咙顿时失去知觉，味道太讨厌了。有些假期，我和若艾尔去安德尔省她老家那边。人家借给我们一座小农庄，靠近勒布朗地区。我们说，咱去乡巴佬那里啦。一天晚上，在餐桌上，我的右臂突然哆嗦，不听使唤，连叉子都不能拿，白天我抽了两包骆驼烟，那年我十三岁。后来和德内在一起，我又多少抽过一点。让-里诺把我手里的烟收了回去，在打广告用的烟灰缸里灭了烟头。我还做了另一件事，要放在其他时候，绝没有那个胆量：我抚摸他坑坑洼洼的脸庞。我说，哪来的？

"我的疤痕？"

"是的……"

"痤疮疤。以前满脸的痘痘。"

他抽着烟，看着厨房。他在想什么？我呢，我仿佛看到莉迪直挺挺地仰卧在另一间屋里。既辽远，又空旷。家里很安静。冰箱照旧发出噪音。当我们清空母亲的公寓时，在抽屉中，我们找到了她那一小套办公用具。陈年旧物了，当时她还在萨尼-硕夫管账。盒子里装着尺子、四色圆珠笔、订书针、簇新的便签纸，还有一百年也用不坏的剪刀。东西真操蛋，让娜说。我又一次问让-里诺发生了什么。

他们上楼回家之后，莉迪就指责他当众侮辱了她。重提"蓝方格"那段插曲，还拿鸡的事冷嘲热讽，这本身就算是背叛，而且还把雷米也掺和进来。压根就不应该提雷米，莉迪说，更不能讲他在嘲笑姥姥，再说这也不是事实。让-里诺还乐在其中，放肆地回答说，他本无恶意，就算这样讲也只是为了搞笑，在类似的聚会上可谓司空见惯，何况大家也都是善意地笑，他还提醒说，看见他们学鸡飞的时候，她自己也忍不住笑了。莉迪开始情绪失控，说在孩子眼门前，她笑（了又笑）只不过是为了保全让-里诺，照顾他的面子，因为小家伙出奇地敏感，免得让他意识到，这样模仿有多么讨人嫌。此外，她从来就没有料到，她继续说，他居然还公开拿这事找乐子，而且她还强调，对这个段子大加喝彩的人，无非就是那位喜欢搬弄是非的醉汉。她指责他，说他没有觉察到那人生硬的动作，差点就释放出来的信号，总之对她缺少风度。让-里诺争辩说，如果说有男人对她献殷勤，或

97

者对她盯得很紧，那正是他本人，但是莉迪正在气头上，什么也听不进去。哎，真是的，讲这段鸡的趣闻，不过是想逗大伙儿一顿傻笑而已，但也反映出他神经大条，如果不说心智平庸的话。如果她得到尊重，得到理解，就算不认同她的生活方式，她也无话可说。但显然不属于这种情况。是啊，有些生物长的是翅膀，而不是手臂！当然就想飞啦，还想飞上枝头栖息呢。总之，她不依不饶，好像偏偏要跟让-里诺较真似的，男人的怯懦、冷漠，真是成事不足，败事有余。那到底有什么好笑的？这些可怜的生命，打一出生就等着进屠宰场，对这样的惨事如何笑得出来，她着实搞不明白。还捎带进一名六岁的孩子，要把他培养成未来的帮凶。那些畜生只要能活着、觅食，在草地里散养，就别无所求。人类却要把它们关起来，牢牢地幽闭，那是死亡工厂啊，不能动弹，不能转身，不见天日，她说道。如果真心想为孩子好，不向他灌输不足为道的可耻行为，那就应该教他这些东西才对。畜生不能开口说话，无法提出任何诉求，但幸运的是，她不无自豪地说，全世界都有莉迪姥姥这样的人，在以它们的名义进行抗议：这才是应该教给雷米的东西，而不是嘲谑讥笑。总而言之，她责怪他把小家伙带坏了——听到这个词,让-里诺觉得很恼火,他说选择这个不着调的单词,只是为了无谓地伤害他的自尊——还责怪他只会耍这种鬼把戏,想与小家伙合谋使坏。她告诉他,在小家伙面前,他的行为真是可怜透顶,对小家伙来说,他什么也算不上,真的什么也算不上,永远也别指望当什么里诺姥爷。他还一口一个我们的外孙,她说起来更是冒火,他啥也不是,孩子有自己的亲生爷爷和姥爷,只是其中一位去世了,另一位他从来没有见到过。当着她的面,在众目睽睽之下篡权夺位,这是令人发指的暴行,因为明知道她对这个问题的态度,还要肆无忌惮地粗暴待她,而且在当时的境况下,她又没法指责他。她还告诉他,孩子瞧不起他,只是他自己还没意识到,因为如果你一心想讨孩子喜欢,对他千依百顺,孩子压根不会尊重你,她说,尤其像这样的小孩,经历过种种人生境遇,他们早早懂事,聪明过人。让-里诺反唇相讥,说雷米最近很亲他,她马上还嘴说,所有的小孩子,包括雷米在内,全是一群小混蛋。她继续火上浇油,借口说之前为了帮他挽回面子,提醒他说,他在这方面没有经验。她告诉他,对一位正常女性来说,一个迟钝的男人已经没有了性吸引力,而且她已经受够艾杜瓦多了。看到他一天不如一天,她虽然很不情愿,也很痛苦,但只有暗自将就,她压根没有想到,他居然这么当众露了一手。夫妻之间,她说,彼此都应该给对方面子。你展现出的自我,会折射出人家对另一半的看法。紫色衬衫、罗歇·丁牌眼镜,如果只是为了配你的小短胳膊和唠唠叨叨,那有何用?我戴上珊瑚耳环,穿上吉琪娃娃红鞋,我取消了两个病人的约会,她说道,就想着上午要去做头发和美甲,这一切不过是为了配得上你太太这个角色,为了给你挣面子。哪行哪业,都不外乎如此。可人家才不管这么多,当着那些讲究的知识分子的面,我丈夫喝起酒来真是海量,还拿鸡说事,逢人便说外孙子嘲笑我,说服务生嘲笑我,我早都忘记服务生了,他还说他自己也嘲笑我,一个不该用来取笑的话题,谁都没有意识到严重性,结果被他添油加醋,歪曲事实。让-里诺指出(或者试图),晚上好几个人都觉得他在理。不,不,不,莉迪说,就一个,还是位冷若古墓的研究员。我说我是主唱的时候,你看见了她那脸色。就连你亲爱的伊丽莎白,你亲爱的朋友,都没说什么。这些所谓搞科学或者我也不知道干吗的人,他们才不在乎呢。他们没有情趣,他们的脑子只局限于他们那一行。也许就是这些人搞出了抗生素,然后倒卖给工业养猪场。疯子,当然是没有错的。那些人有吃有喝，腰包也都鼓起来了。他们才不关心肮脏的屠宰场，他们扼杀天性，却若无其事。不过你对这些也不感兴趣，你想要的，就是下楼抽他妈的切斯特菲尔德。

让-里诺不知所措。让她发火，出门抽烟。抑或原地不动，慢慢安抚。客厅里摆着一张老式写字台，是她的办公桌，她坐下来，戴上眼镜，在笔记本电脑上查看邮件，那神态仿佛又开始专注有意思的事情了。他从来没有见她半夜处理过邮件。道阻且长。他决定出去抽烟。他套上夹克，出了门。他走楼梯。到了我们那层楼，他听见大家还在说笑。有人正要离开，等电梯的当儿，还站在过道里闲聊。他认为我妹妹和赛尔日也在其中。他听见了笑声，还听见了我迷人（他的原话）的声音。虽然楼梯和过道之间的门关着，他还是向上退了几步，免得让人看见。他不再自信。他觉得耻辱。一个小时前，他还是这快乐组合中的一员，他感觉得到了大家的认同，也许有时候还是欣赏。现在，他甚至都不想冒险下楼，害怕迎头撞上某个人。即使那些人都走了，后面还会有人随之而来。他听见电梯启动了，我们家又关了

101

门,他回到六楼。他坐在最后一级台阶上,就着早已磨旧的地毯,点燃了香烟。这是他头一回在楼梯间抽烟。他从来都没有过这样的念头。他在脑海中回放晚上的聚会。想到开心的时光,他不禁莞尔,讲段子的时候,他并不觉得有嘲讽的意味,也许他太天真了。他们平时不大串门,总之很少去这种场合。一开始,他们有点小紧张,但很快就放松下来。他对什么都不再确信。他知道的一切,就是他曾经幸福,如今幸福已然不再。有人作梗没收了他的快乐。我比谁都能理解他,他找对了倾诉的对象。我父亲只要生气,就绝对要动手。一天,在饭桌上,我非常开心,用刀扎起盘子里的土豆,整个儿送到嘴里。我劈头就挨了打,直到今天,我仿佛还能感觉到火辣辣的痛。不是因为他打了我,挨打本来就是家常便饭,而是因为破坏了我的好心情。让-里诺觉得委屈。在昏暗的灯影中,他穿着夹克,弓腰驼背,坐在楼梯上。他想起莉迪说的那些关于雷米的话。他原本想听听得了,不往心上放。他喝多了,这或许有帮助。可是什么都没有了,快乐、幸福。小孩子瞧不起他吗?让-里诺不相信这是这个年龄的孩子会有的感情,可是她还说过,他啥都不明白。他放弃了里诺姥爷,他有了别的期待,希望结构谨严,希望内容深刻。最近一次见面,他还带着雷米去了驯化园。这是一个工作日,正逢寒假。在地铁里,他从流动商贩手里给雷米买了一支激光笔。路程很远,要换好几次车。雷米先是用激光笔在地面和墙上来回画线,然后就开始攻击行人。让-里诺对他说,只能用笔射别人的脚,但是他假装瞅着别处,却偷偷射向人家的脸。人家吼他,让-里诺只得把玩具没收,一直到萨布隆站。雷米一路赌气。甚至到了公园,他还磨磨蹭蹭。直到站在哈哈镜前面,他才重振精神,看到镜子中自己尤其是让-里诺弯来扭去的身影,不禁笑得前仰后合。让-里诺从来没有到过驯化园,他甚至比雷米还要惊喜。他们玩了激流勇进、碰碰车、过山车,游客非常少,他们乐享其成,不用排队,雷米还开了飞机,在射击场,他们赢得一只长绒猴、一把水枪、一瓶泡泡水、一个弹跳球,雷米吃了巧克力可丽饼,他们还分着吃了棉花糖。雷米还想骑骆驼溜达。他们在公园入口处看见过图片。他们到处找骆驼,但是没有找到。人家告诉他们,等春天再来吧,还可以骑小马。雷米又开始赌气。他们来到游戏区。让-里诺在长椅上坐下。雷米也坐下。让-里诺问他想不想爬那个高大的绳网,雷米说不。他沉着脸,缩在防寒服里面,旁边扔着刚到手的玩具,好像根本不把它们当回事似的。让-里诺说,等他抽完烟,就一起回家。一个年纪跟雷米相仿的小孩,打他们面前经过,他正在假装火车,一边走,一边用树枝在沙土上画线。雷米目不转睛地盯着他。小男孩又出现了,还停下脚步。他指着长椅说,这是作恶者火车站。雷米问他从哪里搞的树枝,他们两个结伴朝一丛小灌木走去。两分钟后,他们又兴冲冲地回来,齐齐跑到让-里诺面前碰头,雷米开始当火车。来回绕了好几圈之后,他们扔掉树枝,从管道滑梯的出口钻了进去。他们再从上面冒出来,兴高采烈,那些从梯子爬上来的小朋友,被他们挤得歪来倒去。在公园里,他们什么都玩,挖沙子,凿水泥,还对小木屋的柱子品头论足,表示不满,他们又跑过去爬绳网,还悬吊在上面,做危险动作,玩得心花怒放。雷米喜形于色的样子,让-里诺从来就没有见过。他远远地都能感受到孩子的兴奋劲儿,以及想与新朋友默契相处的急切心情。他也看出来了,雷米渴望顺从、屈服。让-里诺觉得冷。他不时朝孩子示意,但人家视而不见。坐在硬邦邦的长椅上,实在等烦了。天色已晚。一种被抛弃的感觉,他分明感觉到了,却又不愿意承认。他独自待在楼道里,想起驯化园的那个下午，又开始怏怏不乐。他还记得，他帮着收拾好玩具，塞进了从售货亭买来的棉布口袋。雷米懒得动手，他只好挎着包，一路背回家。除了泡泡水之外，其他玩具一直扔在包里，从来就没有取出来过。在地铁里面，雷米靠着他的肩头，睡着了。回家时，走在街上，他抓着让-里诺的手。莉迪说的那些话，让这些形象黯然失色。他不知道该作何想。那些话已经渗入他的躯体，让他的心在流血，根本没法控制。让-里诺在混凝土上灭掉烟头，把烟蒂塞到了地毯下面。他发现裹在便鞋中的双脚那么短小。他感觉自己很渺小，不管是身材，还是其他一切。

某些日子，我一觉醒来，感觉岁月逼人，扑面而来。青春已死。我们不再年轻。"不再"让人昏眩。昨天，我还批评皮埃尔，说他懦弱、懒散，很容易知足，最后还来了一句，你就是在混日子。他举了同事的例子，这是一位经济学教授，上个月得病去世了，他说，马克斯的生活倒是充实，项目一个接一个，你看，这有什么用。这多少也影响到我的心情，但要是从此就得过且过，也不容易。也许"未来"这个概念，本身就危害重重。在有些语言中，语法里甚至都没有这个时态。《美国人》已经成为我的枕边书。自从打开这本尘封的书籍，我每天都会浏览几页。萨凡纳街头，一九五五年——书中所有照片的拍摄年份，一天下午，一对正在过街的夫妇。他是军人，身着制服，穿衬衫，戴军帽。他大概五十来岁，叼着烟斗，一派美式的放松，尽管衣服紧紧地裹在身上，腹部被裤子勒出一条深沟。太太虽然穿着高跟鞋，但还是明显矮半头，她老派地挽着他的臂弯。罗伯特·弗兰克正面抓拍，两人都看着镜头。她盛装出行，一袭漂亮的深色裹身长裙，口袋和领口处都镶有花边，脚蹬一双浅口漆皮鞋。她正朝摄影师微笑。她看起来比他年长，脸上刻着痛苦的印痕，当然这是我的个人观感。我们马上会想，她难得挽着男人的臂弯散回步，这是个非同凡响的日子，她提着新包，梳着青春的鬈发，他的男人壮实，戴着军帽。这是一个礼拜天，在生命中再普通不过，幸运突然降临在你的头上。我第一次见到莉迪，她正穿过一楼大堂，挽着让-里诺的臂弯往外走。正当下午时分，她也是盛装出行，花枝招展，身材笔挺，对自我、人生、她的小个子麻脸男人都不无得意。他们刚刚搬过来。也许后来出门上街，她再也没有这般春风满面、容光焕发。迟早有一天，大家都会这样做，男人或女人,你会挽着某人的手臂,走起路来趾高气扬,仿佛天底下唯有你中了大奖似的。对于这些稍纵即逝的瞬间,我们无能为力。谁也别指望留住它们,让它们续存。我和让娜讲了电话。她的情事泡了汤。装框匠的热情一日不如一日,放荡一天胜过一天。母亲去世那会儿,让娜痛定思痛,想在两人关系中引入情感空间。这伙计显得漫不经心,随后的日子,更是狂轰滥炸给她发了很多赤裸裸的信息。他想让她参加淫秽派对,还想将她拱手让给其他男人。她反抗,他就气势汹汹。几乎每一天,让娜都会半带哭腔地给我打来电话。她告诉我,他向我脑海中灌输了很多意象。现在,我想去看看。但是我力不从心。我好无助。我势单力薄。我没有扶手。需要一个扶手,才能滑向地狱,我呢,我滑下去,我就待在下面。

让-里诺打开房门。他脱下夹克,挂在门厅里。莉迪还对着电脑,坐在写字台前。让-里诺回到客厅。她鼻梁上架着蝴蝶款眼镜,头都没有回。他想让她感觉到,已经发生了彻底的改变,还想最后给她说几句话。但他软弱,心里糊涂。大脑一片空白。在玻璃备餐台上,酒瓶旁边摆着从驯化园带回来的蜘蛛侠泡泡水。雷米喜欢在阳台上吹泡泡。外面起风了,他就跑前跑后,看泡泡是否绕过楼房,从拐角处的小卧室前面飘过。晚饭前,从公园回来,他就蹲在植物中间,在阳台栏杆脚下,把鼻子凑到空格中间。他很会玩,可以吹出大泡泡、一串串小泡泡,还会吹大肚婆和奇形怪状的泡泡。玩了一阵子,瓶子里就没水了。让-里诺于是用米尔牌洗洁精兑水。他肥皂搁多了。泡泡很沉,还伤皮肤。雷米打翻了瓶子,水洒到下面行人的脑袋上。人家开始骂街,雷米窃笑着躲起来。让-里诺也笑了。莉迪赶紧关上窗户,问他小小年纪怎么能干这种事。雷米说,让-里诺兑的水,会灼痛皮肤和眼睛,所以他全部倒掉了。莉迪就骂让-里诺。小家伙不动声色,等待着事态平息下去。让-里诺还记得那无所谓的神态。他把那神态看作窘迫。大人吵架时,孩子的尴尬。也许更严重吧。冷漠,蔑视?莉迪的话句句伤人。她的头发跟灯罩同一个颜色。在他看来,她恍若有种算命大师的神态。她腰身挺直,他感觉到她身上有一股敌意,从后腰和肩胛之间散发出来。让-里诺倒了一杯菲奈特·布兰卡,站在客厅中间喝,纹丝不动。有那么一秒钟,他闪过一个念头,想抓起台灯,砸到她头上。莉迪还在电脑前忙活。她还在旁边的小本子上记录着什么。让-里诺走过去看。她正在浏览一个网站,主题是养殖场动物保护,他看出是一篇关于火鸡遭罪的文章。他猛地合上电脑说,你成天都是家禽,烦不烦,我反正是受够了。她想打开电脑,却被他死死地按着。她一边冷笑,一边不无蔑视地说,我知道你不在意。

是的,完全不,让-里诺说,鸡啊,火鸡啊,猪啊,这些玩意,我管那么多干吗,鸡的生活,我才不操心,你的有机鸡,我当然愿意大快朵颐,因为它确实更好吃,除此之外,我没那心思,它受没受罪,我才不操心,我们又能知道什么呢,它见没见阳光,是不是像乌鸦那样满林子乱跑,有没有在泥巴地上打滚儿,我吃饱了撑的,我才不相信鸡会有意识,鸡天生就是用来养的,要杀了吃肉。现在睡觉吧。

她想反抗,但是他把身子往桌前一横,挡在她前面。他并不壮实,也不高大,但毕竟比她有力。她只好收场。她一边推开椅子,往卧室去,一边说,这才是你的真实嘴脸。

就是我的真实嘴脸!是呀,是啊,正是!你终于发现了,我可高兴了!你操着酸溜溜的腔调,亏你问得出口,面包里的鸡肉是哪里来的,你还说再也不吃来路不明的鸡肉,搞得像在中餐馆似的,好像是在吃耗子似的,你以为你说这些,就给我长脸了。你不动鸡肉不就行了吗,才不,非得把话拿到台面上来说,还想趁机教训别人,非要全天下都知道你德行高尚。

他追着进了卧室。她想挡住,不让他进去。不可能。她坐在床上,开始褪发卡。她把发卡一个个放进盒子里,又仔细,又认真,一门心思,无暇他顾。

"这也不行,那也不行,一直这样,我已经烦死了,"让-里诺继续说,这种怪癖式的行为让他着实恼火,生活在恐怖的阴影里,他已经反感透了,"如果我每天都想吃鸡肉,我每天都要吃,有些人,像你这样,只吃五谷杂粮和沙拉,你这样的人还越来越多,那就只吃沙拉好了,别腻味了。"

"出去,这是我的卧室。"

"也是我的。"

"你都醉死了。"

"我不理解的是,居然有时间来同情这些玩意。就算同情,那也应该同情人类。世界真可怕。人在你门口都要断气了,你还在同情家禽。同情也应该有个底线。你不能啥都同情,要不你就成了皮埃尔神父,可这是个鸡奸癖,他同情流浪汉,侮辱犹太人。就算他吧,也没有这么宽广的胸怀。"

"你知道我们和畜生的区别吗?"莉迪嚷嚷道,"你知道我们和畜生的差距吗? 就是这个!"

她打了个响指。

"距离每天都在缩小。问你的科学家朋友去。"

"他们了解你的理论。"

"不是我的理论!"

"做呀,做出你那个恶心样子,噘起嘴巴,快啊,扮你那泼妇怪相吧,做啊。"

"从卧室出去,让-里诺。"

"在卧室,就是在我家。"

"我想自己待会儿。"

"去别的房间。"

"叫猫出去。"

"不,这也是它的家。"

"这是我的卧室,不是它的家!"

"你多少也得待见它点,它自个儿也很难过。"

"我们已经讨论过了。"

"小可怜。你不是热衷于动物事业吗,怎么对它就没有怜悯心?"

"艾杜瓦多,出去!"

"没必要朝它吼。"

"把这混蛋弄出去!"

小猫傲慢地看着莉迪,动都不动。莉迪抬起腿,使劲把它往外踹。吉琪娃娃鞋尖尖的高跟扎在艾杜瓦多的腰间。它发出一声痛苦的尖叫。按让-里诺的说法,听见叫声两人都蒙了,但为时已晚。莉迪朝小猫俯身的当儿,让-里诺一把扯住她已经卸下发卡的蓬乱头发,把她的头往后拽。她想转过来,想挣扎脱身,但他已经失去理智,他用双手攥住她的头发,往反方向使劲拽。她吓坏了。他觉得她很难看。她的嘴巴已经变形,说不出任何清晰的单词,但是过激的叫声让他很恼躁。他想安静。他想让她的喉咙不再发声。他掐住了脖子。莉迪挣扎。反抗。他喝得太多了。他疯了。谁知道呢。他掐住脖子,用大拇指使劲摁,他想她认输,想她的身子老实下来,他一直掐到她再也不动弹。

过了一会儿,他才明白刚刚发生的事情。考虑到莉迪的个性,一开始,他觉得她是在装死。以前,她也装死卖活了好几回。他轻轻地摇她。他呼唤她的名字。他叫她别做蠢事了。他又等了一会儿,一声不吭,好让莉迪觉得他出了房间。艾杜瓦多还是雷打不动,自个儿玩着游戏,也就是动物玩的那一套。莉迪还是死死不动。她的眼睛让他警觉起来。眼睛一直张着。他觉得,不可能纹丝不动一直保持这种惊愕的眼神。死亡的念头突然闪过。莉迪可能死了。他把指头放到她鼻前。没有任何感觉。没有热度,没有气息。要说他并没有往死里掐呀。他凑近她的脸庞。听不到动静。他揪了揪她的脸颊,又抬了抬她的手。做这些动作的时候,他畏畏缩缩,无比恐惧。眼泪下来了。身子瘫软了。

他告诉我,他瘫倒在她的身体上,大哭起来。嘴巴抽搐,扭曲变形。牙齿前伸,与下嘴唇构成 U 形。夜空依旧一片漆黑,我从窗户向外看了看。从他们家厨房看出去,窗外正对无垠的夜空。我想,莉迪是否漂浮在某个地方(正透过窗玻璃看着我们)。那个古老的念头又不时回归,逝者正看着我们。姑妈去世后,还回家来搞坏了客厅的吊灯。我们知道是她干的,因为我爸和她约好他们两个谁先死,就要去对方家里搞点破坏,好证明自己还活在冥世。米歇丽娜姑妈扬起头说,我要变成这此间的一朵郁金香。下葬后的当天晚上,吊灯上的一块玻璃就无缘无故地碎了,掉到桌子上。妈的肯定是米歇丽娜姑妈!但她在哪里?我和让娜都很纳闷。他们全都在,他们什么都能看到,母亲说。后来,因为担心米歇丽娜姑妈的法眼,我所有的非法勾当最后都烂在心里。不管我藏在哪里,她都近在眼前。和初中女友一起,我们躲进树林里,脱掉衣服,互相抚摸阴处。姑妈诧异地看着我们。任何密林都不能让我避开米歇丽娜姑妈。父亲呢,我也觉得,他大概在某个地方徘徊。但是,我已经成年了,这并不碍事。晚年,他变得更加温和,他也有未了的心愿。我拿到生物学博士学位的时候,他刚刚去世。我倒乐意他看到这一切。我还高高地把手稿举起来,让他仔细端详。我说,让-里诺,莉迪的尸体,您怎么办?

"送到她的工作室。"

"远吗?"

"让-罗斯坦大街。开车两分钟。"

"她的精神治疗工作室?"

"是的。我们搬到这之前,她住在那边。"

沉默。

"到了那边，又怎么办？"

"有台电梯。"

"您要把她放进去吗？"

"是的。"

"只放她？"

"工作室就在二楼。我爬楼来得及。"

"被掐死在工作室？"

"街上有人尾随她……"

沉默。他在编下文，无序地来回挥动手臂。

"她深更半夜去工作室？聚会结束之后？"

"我们拌了嘴，她就跑了。以前她也有过这样。"

"去睡觉？"

"是的。但是，她又回来了。"

这话让我们心头发紧。他这样说，也是无意。我母亲是在自己的床上，突然就死翘翘的，像一只被击中的小鸟。我并不相信关于小鸟的任何隐喻。对于小鸟，我们想象不出终极的迁徙。我们接受虚空。我站起身来，走到窗户边，看了看告别-云雀的夜色。没有太多东西，路灯、屋顶、楼房的暗影,差不多掉得光秃秃的树木。平淡无奇的布景,两秒钟就可以被一扫而光。我想到了皮埃尔,他抛弃了我们。我走回来说,动手吗?

"做什么?"

"把莉迪送到工作室? ……"

"我不想您参与其中……"

"把她送下楼,帮您把她放上车,我就闪人。"

"不……"

"没有时间讨价还价了。要不马上动手,要不就永远别干。"

"您只是坐电梯,不用管别的。"

"您自己没办法把她放上车的。您有箱子吗?"

他站起身来,我跟着走进雷米住的小卧室,在我们家,这是留给埃马纽埃尔的房间。他打开顶灯,散出蓝幽幽的光。床上堆着各种玩具。让-里诺从壁橱里取出一个山寨新秀丽硬箱子。我说,还有大一点的吗?

"没有。"

"绝对装不进去。"

"这箱子挺能装的。"

"打开吧。"

他把箱子放倒在地上,打开了。我站了进去,试图坐下来,但根本就蜷缩不下去。

"您要高得多。"

"只有这个箱子?"

"我看莉迪进得去。"

"不行!……"

我拿起箱子,我们一起走进主卧。莉迪还是那样子,裹着围巾,直挺挺地卧着。我们打开箱子,只需看一眼就明白,装不下她。我想到了地窖里的红帆布大箱子。我倒有一个,可能合适,我说道。

让-里诺摇了摇头,神色惊慌。我有点生气。毫无创意。

"我去拿吗?"

"我不能接受。"

"问题是,还在地窖里,钥匙在家中。"

"不要,伊丽莎白,那倒更好。"

"我试试。如果皮埃尔还在睡,那就好了。"

我走楼梯下去,回到我家。我轻轻推开门。我没有开灯,径直走去看皮埃尔是否还在梦乡。他睡得还很香,低低

117

地打着鼾。我拉开门厅里放钥匙的抽屉。我翻了翻。没有地窖的钥匙。我保持镇定,想了想。我记起来了,白天还去地窖拿过凳子。我穿的是羊毛开衫,上面有衣兜。羊毛衫放在卧室里。我又折回去拿椅子上的羊毛衫,小心翼翼,生怕钥匙掉出来。我快步下楼。地窖位于过道尽头。地面上有些尘土。我穿着毛拖鞋,从上面走有点碍事,我一路踮着脚尖。大箱子里面套着小箱子,还放着几个包包,被我一一清空。离开地窖进过道的当儿,定时灯熄灭了。我没有再开灯。我一路往上爬,楼梯很陡,什么也看不清。我半推开通往大堂的门。空荡荡的,没有灯光。电梯候在那里,我乘电梯来到让-里诺家。门敞着。真是专业运动员一般神速。如此冷静,我自己都有几分得意。

红箱子打开了,放在莉迪的床边。让-里诺把原来的箱子收了起来。红箱子更宽、更软。计划似乎可行。床头柜上燃着一支装饰蜡烛,大概是趁我在楼下的空档点燃的。我们俩站在那里,默默无言。让-里诺伸着脖子,又开始来回晃动手臂。他在等什么?! 稍顷,他说,您是天主教徒吗,伊丽莎白?

"我才不是。"

他张开手掌。里面攥着一条小项圈,上面坠着金色圣母圣牌。

"我想给她戴上。"

"戴吧。"

"我打不开搭扣。"

"给我。"

项链的圆环缠住了扣针。

"这得花几个小时,"我说。

他夺过项链,用手指在上面一阵胡搞,极不灵活。

"我们没时间弄这个了。"

他听不进去。他来了兴致,双手拿着链条,凑到眼门前两毫米的位置,一副甲壳动物的姿势,嘴巴也是怒冲冲的样子。

"让-里诺,您干吗呢!"

他一副神不守舍的样子。我想掰开他的手掌,最终只拍了拍他。

"我想做点事情!"

"您想干什么?"

"一个仪式……"

"您想搞什么仪式？……您已经点上蜡烛，这很好了。"

"我已经背诵了示玛的开头。"

"什么？"

"犹太祷告。"

"那不就好了。"

"但莉迪是天主教徒。"

"头条新闻。"

"她也有其他信仰，但她始终坚持做天主教徒。"

"画十字吧！"

"我不会画。"

"那就把她放箱子里吧，让-里诺！"

"好的。我打开了。"

我站在莉迪的脚那一侧。让-里诺把手臂垫到她肩膀下面。他说，应该先让她蜷起身子和腿，然后再放进箱子。他又开始讲究技术，让我顿时另眼相看。我从没有摆弄过尸体。摸啊，吻啊，有过。摆弄呢，没有过。她没有穿连裤袜，皮肤还有些余温，让我百感交集。让她侧卧，没有问题。她算是半俯卧着，细长的身子仿佛在戏耍我们似的。先得

把她的身子蜷起来,才能放进箱子里。我觉得,让-里诺想
独自动手。他绕过大箱子,隔着短裙抬起大腿往前推搡,让
膝盖弯曲。随后,他又抓住腰身,让腰身蜷曲。最后,他还
往下弯了弯她的上身。这一切,又快又巧。莉迪戴着围巾,
脸色平静,一副乡巴佬的神态,乖乖地任由摆布。完事之
后,看起来就像一个小女孩似的,摆出胎儿的姿势,在床上
安然入睡。我感觉到,在往箱子里放的时候,让-里诺有些
犹豫。我上去打帮手,想扶着点,免得她猛地掉进箱子。放
是放进去了,但她浑身皱巴巴的,乱七八糟。还得收拾规
整,突出在外的部分,也必须收回去。安然入睡的小女孩已
然不再。莉迪已经被挤压、扭曲。一束鬈发从围巾里露出
来,衬着红色的帆布,显得很怪异。还得脱掉她的鞋子,塞
进箱子里。我看得出让-里诺很难受。我自告奋勇闪电般
地合上箱子。但要拉上拉链,还得使劲摁住,非得身子坐到
上面不可。我坐了上去。我感觉软乎乎的身体在屁股下面
不断陷落。我说,帮我一把。他摸到箱子的另一个拉扣,开
始用力拉。

"可怕。"

"她死了,让-里诺,她没有任何知觉了。"

箱子还没有关上。侧边还有道豁口。让-里诺也坐上来。我站起身来,憋足力气,再猛然坐下,让-里诺也依样画葫芦,我们不停地起起落落,瞬间就赢得了几厘米的距离。最后,我干脆全身卧倒在上面,让-里诺也反方向卧倒,我们用身体在凸起部分来回揉啊揉,就像擀面似的。当最后的拉链齿完全咬合之后,我们也搞得筋疲力尽。让-里诺先站起身来。他立马开始捋自己那一缕头发,来回整理了不下十余遍。现在,还需要一个包、一件大衣,他一边戴眼镜,一边说。我跟着他走进客厅。莉迪的包敞开着,放在书桌边的地上。我看了一眼电脑旁边的笔记本。我认出了几个字,溃疡,同类相食,后面是 25 000,然后画了个箭头,配有文字,并且有下划线:一只小鸟的生与死。"弗兰肯斯坦"式的瞎拼乱凑。痛苦铭刻在它们的基因深处。笔横放在那里。橘黄色的灯罩下,台灯依旧亮着。我从来没有见过她的笔迹。这些略微倾斜的备忘文字,更多地让我感觉到莉迪的存在,这种感觉比她生前任何时刻都要强烈。记录的动作,文字本身,它们未知的命运。更为神秘的是小鸟这个词。小鸟一词用来指代家禽。让-里诺蹲在地上,查看她包中的内容。他拿起桌上的手机,放了进去。艾杜瓦多也走过来,开始打探。我感觉出奇地焦虑。我再也弄不明白我们的所作所为。几个小时之前,在同一个地方,我一手拿着椅子,一手签署了反对捣死小鸡仔的请愿书。莉迪·甘比奈还拉开抽屉,要找些东西给我。从生到死,如此短促,让我头昏目眩。毫无意义。让-里诺打开壁橱,取出一件我曾经见过的绿色大衣。长款,俄罗斯样式,收腰,喇叭口下摆。从窗户望出去,我看见她穿着这件大衣,脚蹬靴子,在停车场一路碎步。每年冬天,这件小腰大衣都会再度登场,这也属于告别-云雀时光流逝的部分。在流行长款的日子,我穿过一件拖到脚面的大衣。我从没有打心眼里接受它。一天,在老佛爷的自动扶梯上,下摆还被卡在两个梯级之间。马上导致机械故障,停止运行。我穿着大衣,死等着别人来救我,却根本想不到把大衣脱去。让-里诺又走进卧室。只听见碰撞的声音,随后过道里响起了滑轮的声音。红箱子出现在门口。鼓鼓囊囊,奇形怪状,拉杆已经提到极致。

每当被打听有关视力的消息时,埃蒂安总是回答,一切都在控制之中。这是他从父亲那里学来的表达方式,他父亲曾经担任过警察局长。我总听见他这样说,在控制中,即便情况已经糟糕透顶。再说,他的视力也绝不在控制之中,因为他患了萎缩性老年黄斑变性,这比渗出性老年黄斑变性更为严重,针灸已经不管用了。我们也不经常打听有关埃蒂安视力的消息。我们不想让这成为谈资。另一方面,谁也保不齐哪天会出现这种问题。在适度和僭越之间,这算是一种微妙的平衡。只是上个周末,在他家中,埃蒂安以为,不戴眼镜,不用手电,光凭感觉就可以调节暖气温度。他把开关扭反了。等麦尔勒回来,一进到屋里,就感觉像进入了烧干的炉子里。一切都在控制之中,这句话有一大功劳:话题刚刚开始,就截住了话头。这句话无关半点现实,也没有反映出言说者的心理状态。这是一种中规中矩的生存之道,较为实用。也很滑稽。身体自行其是,细胞自娱自乐。最后,什么才算是严肃?前些日子,我们回忆起一段往事,当时他们的长子还在读高中。麦尔勒和埃蒂安接到校长的传唤,说保罗·迪耐斯曼在奥斯威辛行为不端。埃蒂安去见了儿子,他正襟危坐,神情严肃地说道——我们现在还会拿这事取乐——据说你在奥斯威辛行为非常不端?经过多番盘问,真相才水落石出,在从克拉科夫到比克瑙的车上,保罗只顾出风头,在同学中哗众取宠,与悼念和默哀的

124

气氛格格不入。我讨厌默哀一词。也讨厌原则。从世界陷入难以言表的动乱以来，这已经成为煊赫一时的时尚。政治家和公民（这又是一个极尽其妙的空洞说法），纷纷用默哀去消磨时光。我更喜欢从前，人们会高悬敌人的头颅。就连道德也不必当真。今天早上，出门去巴斯德上班之前，我给让-里诺姑妈所在的养老院打去电话，想了解她的消息。通话结束的当儿，我想，你还真是个专注的人，总在为别人担心。两秒钟后，我心想，这么点小事，也要自我陶醉一番，真可怜啊。马上又想，不错，你对自己倒很警惕，了不起。始终有一名伟大的歌颂者，掌握着最后的话语权。德内小时候，每当做完忏悔出来，就会在圣约瑟夫·德·艾毕奈特教堂前的广场上略略驻足，深深地呼吸空气，他心想，现在，我也是圣人了。随即，在下台阶的时候，他想到，妈的，自负有罪。从某种意义上说，道德并不能持久。它只能在无意识的情况下存在。我很想德内。突然，你就开始想念一位三十年前去世的男人。这个人无从见证我后来的生活、工作、丈夫、孩子、我的居所、我看过的地方、我演进的思想。还有种种当时无法想象的东西。他如果来了，我们一定会捧腹大笑。什么都好笑。在天空中的某个地方，是否

125

有一颗叫德内的小星星？我仿佛偶尔可以依稀看见它。约瑟夫·德内比我大四岁。高挑，强健，天马行空，喜欢喝酒。他老爸是厨子，十四岁就开始在科尔马火车站当洗碗工。我还记得这事，因为德内喜欢老调重弹。约瑟夫爱父亲，佩服父亲，但是对母亲则不然，按他的话说，这是一位小市民，怪里怪气，省吃俭用。他们三个住在勒让德尔大街，三间连在一起的用人房，浴室也充当厨房，他们在浴缸上面铺了张板子，当工作台使用。我还记得，一间顶层阁楼上的小厅，后面是父母的卧室，同样很狭窄，一道金色的栅栏式铁门，长年都紧紧关闭。柜子里放着酒。栅栏的顶部是螺纹形花饰，另外还余下一块空间。德内仿佛具有超自然的力量，身子躺着也可以爬动，随手就可以取出威士忌。他在德国惩戒营服过两年兵役。他在帕克斯四人乐队演奏吉他，勉强维持生计，这个多少具有天主教色彩的组合出于善心收留了他。他信奉冒险，我们一边梦想着登山，梦想着马丘比丘，一边在米凯尔酒吧狂喝嘉士伯，我们哪里都没有去过，除了摸黑到海边逛过几次。他脾气暴躁，有性格障碍。我们都比他年少，谁都不敢跟他唱反调。我还有些他的书籍：维昂、热内、布扎蒂。他超爱他们。我一直留着这些书，单独放在某个角落,不管我走到哪里,都将其放在我们一起搜罗的图片集旁边:弗兰克、柯特兹、卡蒂埃-布列松、温诺格兰德、维加、卫斯、阿勃丝(我们在佩莱尔书店偷来的;德内还额外找到一件打猎服,后背上有一个大兜)。在盖瑞·温诺格兰德的某些照片里,街头的女孩子戴着满头卷发夹子和围巾。她们看起来有几分轻佻,一副若无其事的样子,但确实性感。有一阵子,我也开始效仿。我一直都喜欢捣饬头发。我们不能笼统地思考世界或者人类。只有接触过的东西,我们才能有具体的想法。所有的大事件滋养着思想与精神,比如戏剧。但是,让人生活的不是大事件,也不是大思想,而是更加普通的日常琐碎。说实话,只有触手可及的东西,只有用手实际摸得着的东西,我才会保留下来。一切都在控制之中。

让-里诺呢?……行李箱自个在往门厅移动。沉默。我去看了看。让-里诺站在走廊里,衬着卧室的光,有点像中国皮影戏。

"伊丽莎白。"

"您吓到我了。"

"如果万一我有个三长两短，您就当没有上楼来过我家。您什么都不知道。"

"好吧。"

"箱子是我的。"

"好的。"

他套上飒拉夹克，戴上赛马场的帽子。他把包包和大衣放在箱子上。

"那小子一定会抢钱包……"

"是的。我把它拿走……啊，等一秒钟……"

他又朝卧室走去，拿了一双羊皮手套。

"走吧。"

我们出了房间。让-里诺拖着箱子。我们在楼道里停了几秒钟，一动不动，确信没有任何动静。我按下电梯按钮。实际上，电梯就停在这一层。我们把箱子推进电梯。让-里诺打开楼梯间的门。不声不响。我们压低嗓门约定，我稍等片刻再下楼，这样就可以协调到达楼下大堂的时间。他按下定时灯，钻进了楼梯间。我走进电梯，让门敞着。电梯里面很狭窄，我没有太多空间。绿色大衣掉到地上，我捡起大衣，塞到两根拉杆之间。我还想把包包套到拉杆上面，但没有套上。我关上电梯门，按下一楼按钮。我看了看我的双脚、格子睡裤、人造毛拖鞋。我自个儿陪着尸体，要下五层楼。毫不慌张。我觉得内心超级满足。我很开心。我对自己说，你大概演过《影子部队》，或者在对外安全总局行动处工作。这才是你嘛，伊丽莎白。底楼。让-里诺已经等在那里。气喘吁吁，神情专注。他也很了不起。他抓起箱子。大衣又掉在地上，我捡了起来。我拿着手包和大衣。滑轮在地砖上发出凄厉的声音。汽车就停在前面。我已经看见了，就在路缘石后面。我目测了一下距离，要绕过灌木丛。我按下大门开关，让-里诺打开楼门。他把箱子拖进微开的门缝。楼后面有马达发动。只听见外面传来轻微的响声，在湿漉漉的地面上，高跟鞋发出潮湿的声响，只见右边闪出一个人影，把头压得低低的，好躲避冷风，这是三楼的女孩，大概是聚会晚归。让-里诺向后退了退，留出空间，让她进来。女孩向我们道晚上好，我们也回答晚上好。电梯正等着她，她冲了进去。

这傻帽能记住什么呢？全部。五楼的傻大个女人拿着大衣、手包，穿着毛拖鞋、凯蒂猫睡衣，六楼的伙计戴着毡

129

帽、手套,拖着一个大红行李箱。凌晨三点,这个小编队要上路去天知道的什么地方。全部。迎头撞上女孩的当儿,让-里诺想装得若无其事,宛如司空见惯的偶遇,并没有任何慌乱的动作。他先给她让路,然后拖着箱子,继续往外走。等我迎头追上去,他已经在出门五米开外的地方。她看见我们了!

"她看见什么了?"

"我们。还有箱子!"

"拖着行李箱出门,我们有这权利。"

天空又下起了牛毛细雨。讨厌的毛毛雨。

"但不是今晚上。今天晚上,您按理说该待在家里!"

我觉得,我惹着他了。突然,他想拖走行李箱,但是我拽住了箱子。

"谁会问她呢?"

"警察!"

"他们干吗要去跟她说话?"

我又把大衣塞到拉杆之间,然后把箱子往回拖。他拦住了。

"因为要调查! 他们会讯问邻居。"

"回家吧,伊丽莎白,我自个解决。"

"她也看见我了!计划没戏了!"

"那怎么办?"

他惶恐不安。

"先回里面去吧。"

"这婊子,坏了我的事?!"

他大声嚷嚷。他情绪失控了。

"我要宰了她!"

"让-里诺,我们回去……"

他没再坚持。我握住拉杆把手,开始拖行李箱。大衣掉到地上,箱子从上面碾过,我急急停步,打了个趔趄。他妈的收腰大衣,每隔两分钟就要掉一次!我们回到大堂。大衣脏了。全打湿了。让-里诺双手空空,那样子仿佛在扮演一个猎人。他从夹克里掏出一包压扁了的烟,点燃一支。他说,那个婊子,这么晚了,还在干吗?

"我们不能一直站在这里。"

"这婊子,我要让她闭嘴。"

"我们先到楼梯间吧,再想办法。"

我把箱子拖到大堂尽头的墙边,贴着楼梯间门旁边的墙角。

"到楼梯间来,让-里诺。"

我隔着皮夹克抓住他的胳膊,把他往楼梯间推。他任我推了两三步,大腿僵直,浑如机器人。我在楼梯最下面的台阶上坐下,也就是他当着雷米的面坐的那个位置。让-里诺盯着行李箱,嘴上做着动作,把烟雾深吞进去。稍顷,他偏偏倒倒地走了过去。他隔着羊皮手套,轻轻地抚摸。从左到右,来回好几次,宛如一首无声的诗。随后,他扑通跪下,浑身颤栗。他张开双臂,从两侧将行李箱紧紧抱住,把脸颊贴在布面上。他开始凭空地吻来吻去,动作扭曲变形。我们中间只隔着门框。在有限的空间里,这个场景显得无限的大。鸿沟,毫无意义。为什么没有一只手去拦住那个女孩?上天为什么没有动一动指头,让她晚一分钟离开聚会现场,晚一分钟从车里出来,或者再多说一句话?最温柔的男人让-里诺·马诺斯科利韦,蜷缩在节日盛装中的娇小的莉迪·甘比奈,真不该将他们两人抛弃在这冰冷的大堂里。那些认为生活属于一个和谐整体的人,他们真是幸运。

我觉得冷。我把绿色大衣搭在大腿上。让-里诺松开了行李箱。他蹲在地上，低着头，双手抱着后颈窝。我等着。然后，我去拉他。我扶着他的肩头，示意他起来。我捡起掉在地上的帽子和眼镜。我们朝台阶走去，在我坐的地方坐下，也就说只有两米的距离。让-里诺随即又站起身来，去把行李箱拖过来，箱子刚好可以通过那扇门，占据了楼梯下方的全部空间。我们三个挨挨挤挤，我覆上大衣当保护罩。这让我想起孩提时搭的小棚子。一切都以自我为中心，屋顶、墙壁、物件、身体，空间必须尽可能紧凑。只有通过缝隙，才能窥见外部世界，外面正电闪雷鸣，风雨交加。

他想撒尿。这是他说的第一句话，我得去撒尿。

"到外面去吧。"

他一动不动。

"我喝多了。我干了天大的傻事。"

"去吧，让-里诺，我就待在这里。"

定时灯熄灭了。我们在黑暗中待了片刻。我又开了灯。我从来没有在这样的灯光下打量过大堂，还有它的细部。通风式栅栏，脏兮兮的踢脚线。苦难的炼狱。我想起了比尔·布莱森书中描写的大堂：*历史上，没有任何一个房*

133

间,比大堂更为沉沦。让-里诺出去了,我不知道具体地方,我一直守着行李箱。我穿上大衣,大衣太短小了,袖子才及臂弯,前面也系不上扣子。几乎和地毯同一色调。我思考着要做的事情。上楼,把莉迪放回床上,就像什么也没有发生似的。趁让-里诺报警的当儿,拿起箱子回家。没用。三楼的女孩已经看见我们在一起。不管箱子里装的什么,在掐死太太之后,让-里诺是出了门的,我也掺和进去了。我开始梳理事件的发展过程。让-里诺下楼来我家。他告诉我们惨案。我们难以置信。皮埃尔和我,我们一起上楼,去查看莉迪的尸体。皮埃尔非要我下楼,不要管闲事。让-里诺杀了太太。与我们毫无干系。他本应该报警,自首。皮埃尔睡着了。我又上了楼。假如我没有上去呢?假如不上楼去,老实待在家里,心里充满焦虑(和好奇),透过窗户和猫眼不停窥探任何细微的动静? 透过猫眼,为什么? 害怕让-里诺·马诺斯科利韦疯狂的反应? 不。不。仅仅是因为我并不会一直粘在窗前。假如外面有什么错过了,我还可以不时地从猫眼往外观察。就这样……就这样,我看见闪烁的电梯按钮。我开了门,只听见楼梯间传来乱哄哄的声响。我呼唤朋友让-里诺。我抓起钥匙,风一样地冲下楼梯。他正拖着大红行李箱往门口走,我及时赶到……我求他不要干傻事。三楼的邻居从外面进来……不管怎么说,我穿着拖鞋、睡衣,根本不像准备雨夜出门的女人……这站得住脚。说得过去。对皮埃尔来说,也行得通。不。他认得行李箱。就算化成灰,他也认识。而且那还是他的呢。红箱子在场,怎么给皮埃尔解释?更别提里面装的东西啦。我可以借给马诺斯科利韦行李箱啊,也许他最近要出门旅行?或者要搬东西?是的,太好了:我借给他行李箱,他要搬东西到精神治疗工作室。没有知会皮埃尔吗?当然。借个行李箱,没必要告诉老公吧。或者还有更好的……更好:我们什么都不知情。让-里诺从没有下楼来我们家,我们也没有上楼。我搞聚会。我下楼扔垃圾,碰到谁了?正穿过大堂的时候?让-里诺・马诺斯科利韦!他正拖着我借给莉迪的红色大箱子……我不关心箱子里装的内容吗?不。让-里诺告诉我,他要把箱子装上车子后备厢,第二天好用。三楼的女邻居聚会回来。她看见我们正要出门……不包括我。我没有出去,我只是碰巧在那里,把我的朋友送到大堂门口。真傻。要赶紧告诉皮埃尔。他会明白,这是对我们好。

他回来了。我听见楼门响。我听出是他的脚步声。他又在我旁边的角落坐下来。他没有戴帽子，脑袋湿漉漉的。雨应该下大了。头发垂在前额，翘了起来。他说，怎么办？

"我们上楼……"

我将如何抛弃他，怎么说得出口呢？

"……但是，这毫无用处，我们两个人在大堂干的事，永远也解释不清。"

他脱下了手套（手套从皮夹克两侧的衣兜露出来，就像两只拳曲的耳朵）。他坐在台阶上，弓腰驼背，紧挨着行李箱的红帆布，他的手指在包面上投下条条晦暗的曲线。坑坑洼洼的脸上泛着光。我还以为是雨水，可是他哭了。让-里诺小时候，晚饭后，父亲会不时拿出《诗篇》，高声朗读一段。丝带书签始终夹在同一个地方。父亲从来就想不到应该挪动一下，所以每次读的都是同样的诗句，囚虏之歌。我们曾在巴比伦的河边坐下，一追想锡安就哭了。让-里诺还记得这本古铜色的书，记得隐没其中的丝带书签，尤其是封面的版画：人物形象羸弱，身体半裸，在温暖的水边彼此相依，无精打采，旁边树枝上挂着一把竖琴。他给我讲，在诗歌与图像之间，他从来没有建立联系。每当父亲清晰地读出那些文字,让-里诺都听到河流的咆哮,他看见阴郁弥漫的天空下,漂浮着彼此碰撞的断树朽木。坐下来,哭泣,对他来说,也就是等待的姿势,屈身、孤独。他没有接受过任何宗教教育。马诺斯科利韦家只与母亲娘家人一起过几个节日,更主要是为了大吃酿鲤鱼。对父亲朗诵的诗句,让-里诺一窍不通(按他的说法,父亲也是半壶水),但是他喜欢聆听这些来自过去的句子。他感觉参与到人类历史之中,即便身在帕尔芒蒂埃大街的深深院落,他却宛如那些没有家园、流浪四方的人。那个小妞究竟记下了什么?我又想起了那一幕。我站在玻璃门旁边,在让-里诺的身后,拿着手包和大衣。拿着手包和大衣!拿着莉迪的手包,还有整个社区都认识的绿色收腰长大衣……应该忘记这个垃圾版本。回到之前的叙述。是的,我拿着手包和大衣。这是我从让-里诺手里夺过来的,免得他做傻事。让-里诺,我喃喃道,我们该报警了。

"是的。"

"我有个小小的想法,关于我在现场的情况,应该怎么讲……"

"好的……"

我详细地讲了故事。把行李箱借给了莉迪,他六神无主地来到我们家,我们上去查看了死者,打探,猫眼,在大堂里的哀求。他没有反应,若无其事。我要摆脱僵局,他却无动于衷,这让我很窝火。他杀了太太,我全力帮助他,因为现在没了指望,他对什么都漫不经心。我摇了摇他,您在听我说吗,让-里诺?现在不是说您,是关系到我。重要的是我们要统一口径。

"是的,重要的是……"

他在胸前的兜里翻了翻,拿出一些票券和彩色铝箔纸球。其中还有一张方形透明箭头贴纸,被他连同其他东西一起扔到地上。

"我刚才说的话,您能重复一遍吗? 我到大堂,看到您一团乱麻,我说什么来着?"

"您夺过了手包和大衣……"

"还有呢? ……"

"还有,您说,您疯了……"

"不是,我没有马上就说您疯了,我先说:您干吗呢? 行李箱里是什么啊?!"

他看了看地面,还有那一堆乱纸。

"是的……"

"您在听我说吗,让-里诺?"

"您说行李箱里是什么……"

"然后,我说,您疯了,别这样!"

"是的,是的,当然了,伊丽莎白,我证明您完全无罪,完全……"

他摇了摇头,嘴巴又变得扭曲。我一点儿也不踏实。

"您带手机没有?"

"没有。"

我打开莉迪装满七零八碎的包包,取出手机。

"我们可以用这个手机……"

"干吗用?"

"报警。"

他看了看手机。安卓系统,黄色手机套,吊着手机挂件,坠着一片羽毛。我开始后悔自己太过鲁莽。一切都乱了套。当时要听皮埃尔的话多好啊,待在家里多好啊。让-里诺看起来完全心不在焉。他沉默不语,随后又以一种近乎咽气的声音说,我再也看不到蚊子实验室了。

"某一天,也许可以。"

"什么时候？"

"等您回来。"

他耸了耸肩。我答应过要带他去巴斯德，带他去参观博物馆，尤其是昆虫馆。让-里诺想看看这些知识的圣殿。去那些发现生命奥秘的地方。在古力公司的廊柱之间，他的意志日渐消磨，那里堆满了冷冰冰的巨兽。洗衣机、抽油烟机、电炉灶、冷柜，这些都没有任何意义。他梦想着能够被引领进生命的世界、病毒的世界。我曾经向他聊起过昆虫馆，地下有几个恒温室，白色的大盆里生活着生千上万只幼虫，还有同样多来自全球各地的蚊子，它们生活在被纱网封闭的箱子中。一个迷你实验室，一个迷你洗濯间，存放着日常的旧货杂物，还有一台制作纱网的缝纫机。我给他讲过，我们用猫食喂养幼虫，雄性成虫只吃甜食，也不蜇人。但是，我还解释说，它们的配偶会扎人，笼子里放着一只可怜的小老鼠，每三天它们就会大嗜其血。让-里诺大声嚷嚷道，一个字也不要向莉迪提！我明确指出，老鼠是麻醉了的，但他根本不听我的。实际上，参观蚊子世界的特权，让-里诺压根不想与别人分享。

"真该以前就去啊。"

"以后会的。"

"您到时就不在巴斯德了。"

"我想去就可以去呀。"

"到时人都不在了。"

"得了,行啦,我们不能在这里待到天亮吧。"

"警察局电话多少? 17?"

我又拿起莉迪的手机。我直接要按紧急键。艾杜瓦多! 让-里诺大叫道。

该来的还是来了。艾杜瓦多,躲得过初一,躲不过十五。

"会有人照顾艾杜瓦多的……"

"谁? 动物保护协会,不,不,不,一辈子也不! 再说,它生病了!"

"我们收留它。"

"你们不喜欢它!"

"我们会照顾它。如果在我们家不幸福,我们再把它托付给爱心人士。"

"你们不会照顾!"

我把手机扔在行李箱上,站起身来,想把大衣脱掉。

"您干吗呢？"

"我不管您了。"

他也站了起来。

"那就让你们收留吧。"

他刷地脸红了，在黄色镜架之后，他的眼睛忽闪忽闪的。我明白，找理由也没用了。我们快点行动吧，我说。我们关了门，免得让人家看见行李箱（谁会看见，在凌晨三点？），我们三步并作两步地爬上楼。进到家里，让-里诺立马冲进小卧室，随即拿出一个帆布旅行包。我们去了厨房，他往包里放了猫粮，然后说，这不是会让小猫拉稀的药，在他看来，小猫虽未治愈，但已经没有大碍，还有两天的治疗期，汤药和抗结石胶囊可以忽略不管了，但 Revigor 200 除外。他把处方和兽医的联系方式放进袋子里。又从壁橱里拿出费利威扩散器，扔进袋子里，然后说，只要插在客厅里，就可以取代猫咪脸部费洛蒙，让猫咪在新环境里有安全感。我只听懂了一半的单词。他把客厅里的玩具、球和假老鼠收拾好，开始自个儿原地转圈，最后找到一根长杆子，杆子尾部是仿豹子尾巴的，还装有羽毛。它喜欢鱼竿，他一边把东西往包里塞一边说。它喜欢抓鱼，每天至少得跟它玩三

142

次，他吩咐道，同时朝厨房走去。您可以把猫窝拿走吗？我拿起大盆。让-里诺抓住在他腿间穿梭的艾杜瓦多。突然，我看见了桌子，我说，等等！我的烟头还放在烟灰缸呢！差不多刚点燃就灭掉了的长烟头。带被告上堂的场景，我已经看得太多了，所以绝不能百密一疏。我把烟头放进大衣兜里，还看了看是否留下其他痕迹。艾杜瓦多喵喵直叫，张嘴秀着猫牙。我们从楼梯下去，他在前，我在后。我打开门。悄无声息。我将猫窝放在厨房。我关上了通往卧室的过道门。在门厅里，让-里诺把艾杜瓦多和旅行包放在地上。他看到墙上有个插座，于是立马把费利威扩散器插了上去。他趴在地上，在皮夹克中紧收上身，他捧着小猫的脸蛋，一边用鼻子去蹭猫身上的毛，一边低声说着话。我害怕皮埃尔突然现身，所以不停地催他。有一阵子，我还想把鞋也换掉，后来还是放弃了，这个想法真是愚蠢到家。离开的时候，让-里诺从袋子里取出一件可能是他的 T 恤衫，揉成一团放在艾杜瓦多面前。

我们又走进楼梯间。每踏一步台阶，他都像梦游似的。他再也没有能量了。到了楼下，我们还是坐回原处。我拿起莉迪的手机，虽然我对境况也不知所措，我还是说，让-里诺,该行动了。况且手机马上要没电了。

"我拿着箱子去哪里?……"

"哪里也不去!您哪里也不去。您甚至都不知道,干吗要将她放进箱子。您疯了。"

"疯了……"

我拨下电话号码17,把手机递给他。

响起了自动录音,这里是警务服务中心,紧接着是一小段让人紧张的话语。随后是铃声。空旷的回响。让-里诺挂掉电话。

"没人接听。"

"不可能。再打。"

"我说啥?……我杀了我太太?"

"不能傻不愣登地直接说我杀了太太。"

"那该怎么说?"

"稍微讲究点形式。您说,我给您打电话,因为我刚刚干了傻事……"

他又开始拨电话。又传来录音。本次通话将被录音,报假警严惩不贷。一名真正的女警随即接了电话。警务中心,请讲。让-里诺惊慌地看着我。我做了个手势,希望他保持镇定。让-里诺几乎蜷成一团,头靠着膝盖,我给您打电话,因为我干了傻事……

"什么傻事?"对方问。

"我犯了命案……"

"您在哪个区?"

"告别-云雀。"

"您知道现在的地址吗?"

让-里诺低声回答。女警让他重复街道名。又问是不是他家的地址。她显得和蔼、沉着。

"您在路边,还是在楼内?"

语音后面,能听到敲击键盘的声响。

"我在大堂。"

"在您家那栋楼的大堂?"

"是的。"

"有密码吗?"

"我不记得了……"

"您自己吗?"

让-里诺站起身来。慌了神。我示意他要提到我。

"不是……"

"您跟谁?"

我变换嘴型,不出声地说出了"邻—居"。

"跟我邻居。"

"只有一位?"

"是的。"

"先生,发生什么了?……"

"我杀了我太太……"

"嗯……?"

他朝我转过身来。我没有什么点子可递。

"您太太在哪里?现在和您在一起吗?……"

他想回答,但是说不出话来。下嘴唇又开始不停地颤动。就像两栖动物的下颚似的。

"您怎么称呼,先生?"

"让-里诺·马诺斯科利韦。"

"让……里诺?"

"是的……"

"您有凶器吗?"

"没有,没有,没有。"

"您邻居也没有?"

"没有。"

"您喝酒了吗，或者其他麻醉品？……"

"没有。"

他看到我示意说和朋友喝了一点。

"喝了点酒……"

"您是否在接受精神方面的治疗？……"

通话戛然而止。没电了。让-里诺看了看黑屏。他合上手机套，把手机挂件放在黄色塑料上，好将羽毛摆放规整。我揽住他的双肩。让-里诺又戴上帽子。我们等待着，恍如在火车站的一角。瘦小的收腰长大衣，人造毛拖鞋，行李箱。转车的茨冈人。不知道要流浪到何处。他说，她人不错，那女孩。我说，是的，她人不错。他说，没有我，姑妈会怎么样？她只有我。

没有任何人。《美国人》的主角们给大家一种没有任何人的印象。正是这一点使他们成其为他们。他们站在路边，椅子旁，房间里，要找什么东西，却根本找不到。有时候，在昙花一现的光影里，他们光芒四射。他们没有任何人。耶和华的见证者没有任何人。他拿着装满杂志的书

147

包,在街头行走,书包赋予他人的形象,书包取代了他的目的地。等你带着没有任何人的想法长大成人,也就没有回头路了。即便有人拉着你的手,身边有人围着你。礼拜天和节假日,在帕尔芒蒂埃大街,让-里诺的父母让他到院子里去。他在那里磨磨蹭蹭。他蹲在地砖上,掏地面上那些长着青草的缝隙。他摆弄钟表匠扔下的小零件。没有其他孩子。没有任何人,甚至连自我也不存在。爱你的人,会给你颁发存在(或实存)证书。当你感到孤独的时候,要是没有小小的社会谎言,你便很难生存下去。十二岁左右,我期待着爱情能够还给我失去的身份(也就是宙斯将我们一分为二之前的身份),但是由于对爱情的来临也半信半疑,于是我就把宝押到了光荣和名誉上面。我擅长理科,打算将来做研究员:我的团队发现了治疗癫痫的革命性良方,我将获得诺贝尔之类的世界大奖。让娜是我的助理。让娜坐在折叠床上,旁边的布娃娃罗莎代表高中同学泰雷兹·帕芒多罗,一位羊癫疯患者,让娜一边听我演讲,一边鼓掌。然后,泰雷兹·帕芒多罗(也由我扮演)来对我表示感谢。有时候,我想,我们眼中的自我是否来自于一系列的模仿和投射。即便我没有当研究员,即便我躲到了更加安稳的领域,我也会经常听说,我摆脱了我的环境,走出了我的命运。这很傻。我从虚无中得到了解救。人们报警是为了没话找话,因为他们没有人说话,一位警察原话对我说。大部分拨打17的人都是如此。他们遇到一个女人,每周要报好几次警。挂电话之前,她还会说,向警队的所有同事们问好。约瑟夫·德内为我弹奏感伤的吉他曲。他弹于格·奥弗雷的《赛琳娜》,弹披头士乐队的《埃莉诺·里格比》,他唱得很平缓,声音很微弱,发音很糟糕,有些单词听不懂,所有那些孤独的人们啊……他们都属于何处……我是这些无家可归的人。请代问全警队好。好像对警队来说,她算个重要人物似的。

让-里诺又说,本该早点带雷米去看蚊子。他拿出烟盒,滑出一支烟,送到嘴边。他矮小、瘦弱。长长的鼻子直指地面,黄色的眼镜与帽子根本不搭。还是让人觉得好笑。青烟沿着箱子袅袅上升,将我们笼罩。罩住了坑洼不平的皮肤,罩住了思想,世界一片朦胧。只听见外面传来声响,有人在敲门上的玻璃。我站起身来。我迈过楼梯间的门槛。他们在那里。大门外面,三名男子。我觉得他们来了,

149

我说道,我跑过去开门。三名男子走了进来,穿衣打扮跟让-里诺有几分相似,毫无诗意可言。警察。让-里诺在大堂尽头刚露出身影,他们就朝他说话。他摘下帽子,放手上拿着,手臂弯曲,很不自然。是您吗,马诺斯科利韦先生? 其中一名警官问道。

"是的……"

"是您报警吗?"

"是的……"

穿制服的警察随即赶到。一名女子,两名男子,都戴着警帽。

"是您杀了您太太? ……您太太在哪里呢?"

"在箱子里……"

他指了指楼梯间,一部分警察冲过去看行李箱。

"您别动。我们要带您回警察局。您也是,夫人。"

我们被套上手铐。女警把我全身上下摸了一遍,还搜了莉迪的大衣兜。有些钢镚儿,一块布手绢,还有我在让-里诺家抽剩下的烟头。天啊。不过没事,不严重,我安慰自己道,也可能是在楼梯台阶等警察那会儿抽的啊。一名警察对我说,来吧,夫人,我们聊几句。他抓起我的胳膊,把我

150

往楼外拉。我说,去哪里?

"到警察局。"

"我可以换下衣服吗?"

"现在不行,夫人。"

女警讲着步话机。我听见说,"我们回到大堂了。嫌疑人已经向我们交代,他杀了他太太。死者在行李箱里面。还有一个人陪着他,我们开始对两人进行审讯。我们要带这两个人回警察局。现场需要一名法警。"我说:"带我们去哪里?"

"警察局。"

"我们一起去吗?"我指着让-里诺问道。

警察拉着我,没有回应。

"我穿着拖鞋!"

"拖鞋不错嘛。至少不需您解鞋带。"

让-里诺置身警察堆里,几乎看不见人影了。

"我和他一起去那边吗?"

"走吧,走吧,现在该出去了。"

"一会儿还能见到他吗?"

"无可奉告,夫人。"

他越来越不耐烦。我声嘶力竭地高喊,这声音连我自己都没有见识过,撕裂的尖声,用力过大,嗓子都喊疼了,让-里诺,待会儿见!警察让我转过身来,他抓住我的左臂,按着我的肩膀,把我推到外面。我仿佛看到大厅深处人影晃动,我仿佛看到让-里诺稍纵即逝的脸庞,甚至还听到有人叫我的名字,但我对这一切都不再确定。那个男子押着我往前走,我低着头,走过潮湿的停车场,花格睡裤太过肥大,直往下滑,我也没法往上提裤子。警车就在前面,拦腰停在路上。他让我从右后门上了车。他上车坐在另一侧。他取出圆珠笔和笔记本。他问了我的名字、地址、出生日期和出生地。他一一记录,认认真真,不紧不慢。只见一个黑底白色钥匙图案,还配有文字,"ETS. 布吕埃,锁匠和窗玻璃匠",占了纸张三分之一的面积。我问道,谁通知我丈夫?

"我们要拘留您,同时会告知您的权利。"

我不大明白这是什么意思。也不知道这与皮埃尔有什么关系。但是,我已经太累了,脑子已经糊涂成粥。

"你们和锁具公司有联系?"

"那些小伙子免费送给我们笔记本,也是为了打广告。"

"哦,不错……"

"实际上,我们有独家合作单位。但他们还是照送不误,从不间断。"

"窗玻璃匠,对你们有什么用?"

"没用。公司有两种业务。他们也送我们圆珠笔和日历记事本……日历记事本做得不错,也可以当笔记本。鬼精灵!"

他从胸前的兜里翻出一支蓝白红圆珠笔,上面是另外一个商标。

"竞争对手的圆珠笔……我就不给您了,您拿着也没用,因为进了警察局,东西要全部没收。"

"他们想占领公家市场?"

"这,不清楚。他们做广告呗。瞧,我还有一支……目的嘛,就是做广告……我们倒得了便宜,我们有摩尔达维亚警察那么多的手段……"

我喜欢这小伙子的冷静,对我的处境,他表现得若无其事。一位胖乎乎的年轻小伙儿,年纪与埃马纽埃尔相仿,没有胡子,剃着光头。一双明亮的大眼睛,稍微有点发红。他让我松了口气。我甚至忍不住想把头靠在他肩上。透过车窗玻璃,我努力观察大楼的入口。角度不好,后视镜碍事。

我抬起眼睛,朝我家楼上望去。马诺斯科利韦家还有一丝光线。我们家漆黑一片,但看不见另一侧的卧室。我想到了躲在某个角落的小猫,我心想,柜子上那些无用的酒杯,到底该收拾到哪里。稀里糊涂搞这么多杯子,该怎么解释?椅子的事情刚刚搞定,我又马不停蹄跑到告别-云雀,坐公共汽车去促销商店,买了五箱球形酒杯,其中两箱还是大型号的,专门用来喝勃艮第葡萄酒,外加两盒香槟杯,虽然家里已经有优雅牌香槟杯了。这些备用酒杯摆在怪异的桌布上,用途各不相同的酒杯,仿佛遭逢一群对日常问题格外挑剔的人,出于小资情怀,我又不得不满足他们,在任何壁柜里,这些酒杯都已经没有立锥之地,外加那些有待清洗的杯子,它们纷纷扰扰朝我一哄而上,凝聚为一幅可怕的图像,搞得我焦头烂额。我一边打量乱糟糟的停车场,一边想,这种担忧和超前想象,真是老年痴呆。被假想的问题弄得紧张得不得了。离公交站还有两百米远,我母亲就提前拿出车票。她戴着羊毛手套,捏着车票,一直向前伸着,不停地往前走。每次在商家买东西,她也同样伸着钞票排队。我也有可能这么做。必须以防万一,必须设好路标。如果母亲要去阿谢尔(从阿斯涅尔乘直达列车)的表妹家待几天,一个礼拜之前,她就要打开行李箱,摊在地上,里面铺满东西。我也是这样,并不会更加理性。两辆汽车几乎同时到达。有人下了车。门口围了一圈人。我问,他们干吗的?

"法警和 PTS。"

"PTS?"

"科技刑侦。"

人群散开了。两名穿制服的警察朝我们走过来。其他人进了楼。穿牛仔裤和夹克衫的那几个人随即出来,急匆匆地奔向那辆没有警用标志的汽车,我看见了让-里诺,他比其他人都要矮小,穿着飒拉夹克和褶裥长裤。车门砰砰地关上了,打开车灯,发出响声,汽车启动了。

人群分分合合。人生也是如此。我们坐着警车上路了。从一扇扇橱窗的投影中,只见我们闪着旋闪灯,拉着警笛,不断前行。看到自己被全速带走,多少有点不真实的感觉,仿佛在别人的队列里鱼贯而行似的。到警察局,我被带进一间半地下室。他们将我安顿在一张有固定手铐的长铁椅上。只铐了一只手。我等了一会儿,随后被带进办公室,他们告诉我说,我有权保持沉默,有权见医生、律师,有权通知家人。我要求给皮埃尔打电话。我说我没有律师,他们愿找谁就找谁。一名女警又对我搜身,还在我嘴里搜刮了一番。在过道里,她问我,进看守所(看守所!)之前还上不上厕所。简陋的蹲便器。几个小时之前,你还穿着凹凸有致的长裙,在切橘子蛋糕,我心想。我走进破旧的囚室,紧里头放着一把长椅。地面上铺着一张亚麻油毡床垫,上面叠放着一条橙色毛毯。女警对我说,我可以稍微休息会儿,律师要七点钟左右才到。她关上门,只听见门栓和门锁发出怪异的声响。靠过道一侧是整面金属框架玻璃墙,包括门在内。我坐在长椅上。让-里诺是否在某个角落?行李箱中可怜的莉迪……斜歪着的围巾,凌乱的头发,皱巴巴的短裙。只一秒功夫,这些饰品就丧失了价值。吉琪娃娃红鞋在坟墓中摇摇晃晃。一个月前,皮埃尔有位同事去世了。埃蒂安打电话通知皮埃尔,碰巧是我接的电话。他对我说,你知道谁是马克斯·波特扎里约吗?——听说过名字。——他刚刚去世,在地铁里突然一命呜呼。死得精彩,我说道。——啊,这么说,你也想这种死法,你呀?——是的。——你不想看到死亡来临,不想像拉封丹寓言中说的那样,为死亡做好准备,感觉死之将至,他把亲人都召集到身边？——不。我害怕日渐衰弱。电话那头一阵沉默，随后他又说，在亲人身边辞世，这肯定更好啊。实际上，也许并非如此。我把橙色毛毯搭在膝盖上。它让人皮肤发痒。我收紧大衣，想隔开毛毯。

好吧……在会见律师的小屋里，一切都是灰沉沉的。地砖，墙壁，桌子，椅子。一切。两把椅子固定在地面上，桌子亦然。没有窗户。丑陋的灯光。在这之前，我有权享用了一盒橙汁、一块饼干。吉尔·特尔诺，律师。他一头灰白长发，齐刷刷地向后梳着，再配上修得齐齐整整的小胡子-山羊胡组合。一个讲究人，按我母亲的话来说，天刚刚亮，就要开始打理头发。我穿着凯蒂猫睡衣，趿着拖鞋，尤其是那件袖长只及胳膊弯的大衣，这多少让我有点无地自容。他打开公文包，取出笔记本和圆珠笔。他说，好吧……夫人，您知道为什么在这里吗？虽然我已经筋疲力尽，但好歹还是明白自己为什么待在这里。我给他讲了事情的来龙去脉。当然，我说的是起码的正式版本。

"您跟这人究竟是什么关系，夫人？"

"他就是一个朋友。"

"夫人，您知道，我们现在处理的是刑事案件。必须对您进行非常准确的调查。包括您的生活。别认为在这个阶段，您可以隐瞒某些事实。早晚会露出马脚的。"

"他就是一个朋友。"

"一个朋友。"

"一位邻居，我是他的朋友。"

"有什么值得您怀疑吗？"

"您的意思？……"

"您通过猫眼打探的时候。"

"我丈夫建议他报警，我感觉他有点犹豫……"

"您不确定他报不报警……"

"不，我完全不确定他报不报警……我看到电梯下来的时候……我没看见什么，也没听到外面有什么动静，因为我也在窗前往外看……"

"您穿着睡衣?"

"是的。"

"您丈夫呢？他没有听见您下楼?"

"我丈夫在睡觉。"

"他还在睡?"

"我不知道。我要求通知他。"

"您丈夫怀疑您和这人究竟是什么关系吗?"

"不,不不。"

"我们时间不多了,夫人,还有半个小时,本次谈话之后,警察还要讯问您,大概还要与您的邻居……先生对证。"

"马诺斯科利韦。"

"马诺斯科利韦。当然,两个版本不能互相矛盾……您认为,他会有不同的说法吗?"

"不会……他没有理由。"

"好吧。一般而言,律师建议尽量少向警察交代,免得后面掉进自己挖的坑。但是,您的说法听起来合情合理,说出来可能反而对您有利。也就是说要进入细节。但是,夫人,我要提请您注意,您说的话,将作为第一真相,始终不得与之相悖。"

"这就是真相……有一点,我没有跟您讲……不会改变任何事,但我想全部说出来……实际上,有两点吧……在下面,我在下面的时候,在大堂里劝他报警的时候,我们遇到一名女邻居……"

"您认识的女子?"

"是的，一位年轻女孩，遇上了会说您好、晚上好，这是……的女儿……"

"凌晨三点，碰到你们，她不吃惊吗？"

"她对我们说，晚上好，显然她是参加聚会回来……"

"楼里面的人都了解你们的友情吗？"

"这我可说不好……很可能吧。"

"她有没有表现得诧异？"

"没有，压根没有。"

"当时的境况也算平常……"

"平常。我感觉她在躲雨，很快就跑进了电梯，前后只有两秒钟。只是打了个照面……其他的呢，在报警之前，让－里诺·马诺斯科利韦想给小猫找个安全可靠的地方。因此，我们又一起上楼，捉住小猫，放到我家。现在，他的猫还在我家呢。"

"您还真是关心这人的生活啊……"

"是的……"

"您还说仅仅是朋友关系。"

"是的。"

"您不觉得可能会有蛛丝马迹，说明你们之间的关系不

160

像描述的那样?"

"不。"

"比如,你们没有互发过邮件? 你们的邮箱也要接受调查。"

"从来没有。"

"他呢,您不认为他有些感情吗……您认为你们频率相通吗?"

"这我可不好说,但他从没有表现出来过……"

"有没有任何物证,可能推导出这属于男女关系,而您却宣称是……"

"没有。"

"比如,您丈夫从来没吃过醋?"

"从来没有。"

"您没有任何理由在这种犯罪行为中去帮这人?"

"没有。"

"人家会问您:您知道这个朋友杀了他太太……如果他要您帮忙,您能做到什么程度?"

"他没有让我帮他。"

"如果他要您帮的话……"

"……怎么帮?"

"不,夫人。这时候,您应该说:我没有帮他,证据确凿。我鼓励他报警。谁报的警? 他还是您?"

"我们俩。"

"你们俩,什么意思? 谁拿着手机?"

"他。我拨的17,把手机递给他的……"

"啊! 您拨的17。"

"是的。"

"如果你们没有碰到女邻居,您还会拨17吗?"

"……是的,当然会。"

"夫人,这时候,您不能犹豫。"

"对。当然。"

"这很重要。"

"是的,是的。"

"因此,您知道他正想逃跑……"

"不,我不知道。"

"在下楼的时候……"

"看到电梯指示灯闪烁,我就喊了一声。我又喊,没有回应,电梯就在下面,我知道可以听见我的声音,我打开了楼梯间的门。我还听见了下楼的声音。我知道,邻居谁也不会走这楼梯。我觉得事出蹊跷。到了楼下,我打开通往大堂的门,只见他从电梯里面拖出个红色大箱子。这时候,我明白了发生的事情……因为我看见箱子那么大,而且鼓鼓囊囊的……但是,下楼那会儿,我不知道会遇到什么……"

"您在等待迟迟不到的警察除外。"

"是的……但是,电梯里也有可能是其他人……"

"那时候,您马上就喊:停下!"

"是的。不,我说:您干吗呢?箱子里是什么?"

"在遇到邻家女孩之前,您马上就设法劝他不要潜逃。"

"我做的第一件事,就是夺过他的包,他拿着包,箱子上放着一件大衣,我抓住手包和大衣,我说,您干吗呢,您疯了!然后,女邻居就到了……女邻居倒让事情变容易了……"

"他告诉您,他太太在箱子里?……"

"没有……我不记得了……没有明说。"

"说服他很难吗……"

"不难,呃……说服他不难。"

"要是没有您,他还是会走。"

163

"我不好说。"

"对他来说,女邻居,这很关键吗? 如果没有碰上女邻居回来,您说服不了他吧?"

"我不能回答。"

"您不知道。"

"不。"

"您认识他多久了?"

"三年。"

"朋友关系?"

"朋友。"

"好友? ……密友?"

"不……我们用您相称。"

"他有没有给您讲过与太太之间的矛盾?"

"没有。他们没有矛盾。总之,我不觉得有。他从来没有跟我讲起过。"

"您跟他太太关系如何?"

"很友好的关系。她也参加了聚会。非常开心。"

"您喜欢她吗?"

"是的……"

"跟两口子中的一位是朋友,这关系怎么处理?您确信没有……您不认为,对于你们之间的关系,她可能会吃醋?"

"他跟我大概说过晚上发生的事情,与我无关……"

"无关?"

"无关。"

"您是第一次邀请他们夫妇?"

"是的……"

"因此,这男人和您之间关系很特别,但并不是无话不说。"

"是的。"

"那你们关系的基础是什么?"

"如果说是无话不说,那也只是针对过去的事情……童年,各自的童年,广义的人生,我们从不聊夫妻关系。他们和我们夫妇都见过面。莉迪在爵士俱乐部演唱,这是她的爱好,让-里诺还带我们一起去过现场。我们都留下了美好的回忆。"

"因此,毫无隐藏的关系……夫人,请允许我强调,别想耍花招。人家会发现,你们之间的关系根本不像您说的那样,到时候事情就搞僵了。"

"我们的关系很清白。"

"还要讯问您的丈夫。您和这男人的关系,他会认同吗?"

"肯定。"

"您很肯定,您排除了丈夫有任何吃醋的可能? 您知道,男人和女人之间的友情可能……"

"没有。不会吃醋。"

"请原谅我提出这个问题,夫人,您跟刑事案件有过瓜葛吗?"

"从来没有过。"

"您丈夫呢?"

"也没有。"

"您邻居呢?"

"没有。据我所知,没有。"

"确定吗?"

"关于丈夫和我,我确定。"

"您完全信任这男人?"

"是的。"

"得知他杀了人,您的反应如何? ……您替他害怕吗?

您替他担心吗?"

"是的。"

"但是,他那些理由,他告诉您的那些理由,您认为在法律上站得住脚吗……您认为最好还是投案自首?"

"是的。我觉得,他已经干下了傻事。也许聚会时,大家确实都喝得有点高……我想,这是可怕的事故。冲动之举。他本意并不想杀害他太太。"

"因此,最好还得他来解释。"

"当然。"

"有没有一秒钟,您觉得他会控告您,说您想帮助他潜逃? 或者帮他藏匿尸体?"

"没有。"

"夫人,别人看见你们在一起,您拿着衣服、手包,人家可以认为,您是去帮他。绝不能让这点成立。他不能拿这个来指控您吧?"

"不能。"

"邻家女孩,她能指控您吗?"

"那女孩只能说她看见的东西。我可以确认。她看见我们两人在大堂,他在门口,我在后面,手里拿着大衣和包包。"

"你们说话了吗?"

"没有。我们听见她回来了。我们没有说话。其实,说实话,看见她,我们有点呆住了。我反正是石化了,因为箱子里毕竟还有具死尸。"

"这句话,您可以这么说。"

"说实话,为了他,也是为了我,我几乎石化了。我甚至还意识到……不该介入这种处境。因为还是我的箱子呢。"

"箱子是您的?"

"是的。几天前,我借给莉迪的。她要搬东西到工作室。"

"他们没有箱子吗,您的邻居?"

"她想搬些床上用品和垫子,那些东西很占地。多一个大箱子可以免得来回折腾好几趟。"

"您的邻居,他知道借箱子的事吗?"

"我不清楚。他大概看见箱子在他家吧。"

"好吧。我想提醒您,您一会儿跟警察的对话,会被记录下来,您一辈子都脱不了干系。一切都关乎您的诚意,还有您的说服力。您的故事站得住脚。具有真实的分量。但是,我得提请您注意,您将被全方位调查,还要搜查您的家,还有问询您丈夫……您做什么工作,夫人?"

"我是巴斯德研究所的专利工程师。"

"参加聚会的人见证过什么事情吗?他们夫妻闹矛盾没有?肯定也要调查他们。"

"我不知道……我呢,见证过一些事情,但是不知道该不该说……我不知道他会说什么……"

"您得小心,夫人,因为如果您让人感觉不想配合,不想交代,一心想袒护他,那你们就上了同一条船……"

"好吧,有一会儿,聊天转到了她特别关注的话题上,即使这看起来无足轻重,我还是想告诉您,律师,谈话是围绕有机鸡展开的。他取笑她,因为她问餐厅服务生鸡是否上过树,总之,它是否过着正常的生活,这类事情……他想拿这个话题让在座诸君开怀一笑,这之后,我感觉他们之间有点冷淡。"

"您认为从那里就开始了冲突。"

"有可能……一回到家,她就指责他公开侮辱她。争吵越来越激化,有一刻,我也说不清——他肯定解释得比我好——她踢了小猫一脚……他抓住她,使劲掐她……"

"您给我解释说，他们吵了架，她维护动物的福祉，他杀了她，因为她踢了小猫一脚。"

"我认为，这里面无关动物。我想说，本质上他们并不矛盾……夫妻吵架，观点往往都是借口……我不认为她想伤害小猫。他只想吓唬她，但并不想杀她。她也许只是犯了心脏病。这人很和善的，不像凶犯。"

"夫人，当他的辩护律师，您捞不到什么好处。"

"我只是对您这样说而已。"

"好吧，但也没必要为他说话。你们起先是邻里关系，后来变成朋友关系。您去帮助他，不想他逃避责任，因为您认为那样会更糟。结束。您要明白，人家会怀疑您的，就是同谋和藏尸。"

"我有什么风险?"

"您从来没有案底。您有工作。一切都取决于他怎么说。您丈夫得到通知了吗?"

"原则上得到了。"

"您丈夫，他会怎么讲? ……你们上了楼，为什么没有要求他立即报警?"

"我们要求了。总之我丈夫要求了。"

170

"他并没有报警,你们也下楼了?"

"他说想自个待会儿,他需要点时间。突然,我丈夫认为,这根本不关我们的事,我们已经尽到义务,不该由我们来报警。我们就又下楼了。"

"马诺斯科利韦杀了太太之后,到底为什么要去您家?"

"我觉得,他总不能独自待着吧……"

"您的同事知道他吗?"

"不知道。"

"聚会期间,您的行为有没有流露出一<u>丝</u>……"

"没有。"

"女邻居不会说你们暧昧吧? 她看见你们的时候,你们俩距离是不是比较远?"

"是的。算正常距离吧。"

"……警方可能会怀疑这个:因为被邻居撞个正着,你们才不得不报警,报警并不是你们的本意。您怎么消除警方的疑虑?"

"我穿着拖鞋、睡衣,我能干吗呀,什么也没有……?"

"从您下楼到报警,这中间相隔多长时间?"

"半小时……甚至不到。也就是说服他的时间,然后上楼捉小猫送到我家这么点功夫。"

"还是因为碰见了女邻居，他才不得不投案自首。"

"我不能反驳。"

"您经常去他家?"

"几乎从没去过。也许就一次。就是今天。哦，是昨天啦，与莉迪一道去搬椅子。我办聚会，从她那里借的椅子。"

"好吧。您将要接受审讯。可能不那么容易，他们也许会跟您玩心理战术，会有两个人同时审问您，因为您有同谋的嫌疑，但并不是犯罪行为本身，而是在案发之后这个阶段。你们试图藏尸灭迹，等等。因此，在这一部分，您得当心。您说的话站得住脚。我觉得，对您的拘禁不会超过二十四小时。如果马诺斯科利韦证实了您的说法，如果您丈夫交代的情况没有出入，今晚上您就可以出去。"

黄昏时分，我走出警察局。皮埃尔来接我。下午，他也接受了问询。我归还了收腰大衣。我重获自由了。看来让-里诺一人做事一人当。现在，他不见了踪影，被黑洞完全吞噬。在车上，皮埃尔怒气冲冲。连安慰的话都没有一句。他看起来又憔悴又伤心。他说，他不喜欢这段故事。

我说，我也不知道怎么喜欢它。他问我到底干了什么。

"我做的事，全都讲过了呀。谁也不相信你还能睡着觉，"我说。

"我喝多了。我醉了。"

"你没有谈起浴室吧?"

"你以为我是猪呀。"

"我害怕你说出来，为了帮我洗白……"

"你帮他了?!"

"没有!"

"给我解释一下行李箱的事情。给我好好解释解释。"

"行李箱是借给莉迪的，她要搬东西到工作室去。"

"什么时候?"

"我不知道……几天前吧。"

"他呢，看见家里有个行李箱，心想，咳，大小刚好合适，可以把我老婆放进去?"

"我无法预见。"

"我的法国大使行李箱，混账!"

"不好意思……"

"小猫真棒啊。我差点遭到攻击。昨晚上，差点死两个人。"

　　警察给他电话之前,他已经起了床,在房间里找我。在门厅里,他踩到一团柔软的东西。那是艾杜瓦多把尾巴伸在家具外面。它痛得一声尖叫。皮埃尔吓得魂飞魄散,按下电源开关,看见了小猫,小猫的头趴在地上,身子藏在家具下面,同样惊恐地盯着他。等回到停车场,我抬起头来。我看了看那栋楼。我们那一层,还有楼上一层。我想,上面再也没人了。金合欢的枝条轻轻摇曳。我说,谁照管那些花草呢?

　　"什么花草?"

　　"莉迪的花草。"

　　"没人了。房子都贴了封条。"

　　我大惊失色。金合欢,番红花,嫩芽,在形形色色的花盆里,昨天我还看见一片勃勃生机。我仿佛看见她正俯身在小花园里,用手指握住白灿灿的番红花向我介绍。我们下了车。我看见雷诺拉古娜还停在原来的位置。大堂空荡荡的。了无人迹,一如从前。我们乘上电梯。家里真是完美啊。皮埃尔已经收拾好厨房。他还给猫窝腾出一块地方,桌上摆着两个餐位。没想到他这么好。正是这些,让我大哭了一场。

后来，不知道我又被审问过多少次。警察局，刑侦队，人格调查员（他本人用的是别的名头，但是我忘记了；我不明白他是要调查我的人格，还是让-里诺的人格），预审法官。涉及到事情的经过，问题始终大同小异。也有些许变化。为什么要让嫌疑犯喝干邑，而不是去救他太太啦，我们有没有碰过尸体啦（幸好我给她系了围巾，我还说，我碰过她的大腿，皮埃尔当时正在给她把脉）。我对预审法官颇有好感，他曾经这样问我，刚刚看见邻居的死尸，我丈夫怎么还可以心安理得地跑去睡大觉？当然还是绕不开律师的老问题，只不过变了花样，如果没有第三方介入，你们会干什么？吉尔·特尔诺并没有探索我的生活空间，而其他所有人都想着要仔细测量，直到让我恶心为止。这位出生在皮托的伊丽莎白·若兹（娘家姓兰盖），她到底讲了什么？按警察的行话来说，似乎叫作大身份。你曾经小心翼翼埋葬的东西，现在需要全部激活。你已经抹掉的内容，又需要清晰地重新书写。童年，父母，青年，学业，正道，歧路。他们关心我的生活，那种热情简直到了滑稽的地步。这就是我

175

的印象。一种近乎滑稽的执着，不过是为了制造虚假的素材。在卷宗里面，他们还放进去一小包社会调查材料，其实压根就不说明任何问题。司法部门照章办事而已。我呢，这倒让我想起某些形象。我不知道，这些形象居然还存留在某个角落。迪耶普的咖啡馆，为节庆装饰一新的笨重机器，在沉沉睡梦中被他们唤醒，周围雾霭笼罩，我不知道自己还依旧保留着这些形象。我们不能理解，谁是物景之外的人。物景是关键。真正的联系在于物景。既包括卧室、石头，也包括天空的剪影。正是这样，德内教我去欣赏所谓街拍的照片，看物景如何把人物衬托得更加清晰。反过来，人物又属于物景的组成部分。我可以说，我正是喜欢让-里诺身上这种东西，喜欢他不拘一格承载物景的方式。

翌日，我像没事儿一样，照常到巴斯德上班。我和达尼埃尔一起到食堂午餐。电话里，我们只是简单提了提，说彼此都有话想一吐为快。我们找了个靠窗的座位，放下餐盘，我说，谁先开始？

"你开始吧。"

"不会让你失望的。"

她全神贯注。

"你还记得星期六晚上那一对夫妇吗，女的一头橘发，还有她老公？"

"记得，你们的邻居啊。"

"我们的邻居。当天晚上，他掐死了她。"

"她死了？！"

"是啊。"

谁都会一脸骇然。但阳光喜庆的达尼埃尔却不然。

"不会吧？！"

她根本不知道我和让-里诺的关系。我给她讲了当天晚上的事情（正式版本，还需要说明一下）。生动的概述。她很喜欢八卦，所以我事无巨细统统讲了出来。门铃，小猫，行李箱，大堂，警察，囚室……她时不时插话说，真是疯了啊，或者类似的评语。她情绪激动。

"你们拿小猫怎么办？"

"我不知道。我跟它不合拍。"

"可以送给我妈。"

"送给你妈？……"

"她家住叙西，在底楼。门前刚好有一小块草坪，小猫会很受用的。"

"可是她呢？"

"这倒可以让她走出让-皮埃尔的阴影。她喜欢小猫，以前也养过。"

"那跟她说一声……"

"我晚上给她打电话。"

"你怎么样呢？……这期间……马蒂厄·克洛斯？"

我还没有说完，马蒂厄·克洛斯像从天而降的衣冠禽兽，径直砸在我的肩头。一边是谵妄的邻居，一边是潜在的情人，你方唱罢我登场，吃柠檬馅饼的当儿，彼此针锋相对，毫不相让。让-里诺，对不起。但是达尼埃尔很细腻。星期六晚上的事情，她并没有一字不落地细述，我们女人都有这种能力，任何一点爱情的逸事，都可以被变得厚重，任何一个不经意的字眼或细节，都可以被赋予特别的分量，她努力地淡化事情的兴致。原本让我们开心的东西，原本聊不完的话题，也就变成一小段近乎伤感的叙述。她陪马蒂厄·克洛斯开车回家。在他家门前，两人并排而坐。他很细心（她以为，可能考虑到她在服丧），并没有邀请她上楼。这份用心让她很感动，他们坐在车子前排，你来我往拥抱了几下,但总感觉碍手碍脚,随后她停好车。他大概交代说,周末他十六岁的儿子住在家里。孩子出去了,但随时都可能回来。一来二去,他们最后还是进了屋,鬼鬼祟祟,就像做贼似的。四点钟左右,小家伙回来了,她神不知鬼不觉地打道回府,多少还有点晕头转向的感觉。你和他开心吗? 我问道。

"我不知道。"

"骗人。"

"我很喜欢他。"

我告诉她,作为证人,刑侦队也要调查她,还包括马蒂厄,以及所有的来客。她毫不反对。

客人们得到通知的时候,只有乔治·威尔伯一点都不惊讶。这女人,她就是在找死,他说道。克洛戴特·艾尔·瓦尔第一反常态,不再沉默,说她早就留意到,这个马诺斯科利韦有点不对劲。从站在门垫上开始,她就发现,他一进来就说些不着边际的俏皮话。后来,吉尔·特约-迪亚兹打趣咪咪,让-里诺也乐不可支,在他面前,她感觉到尴尬。学鸡飞那一幕,他动作粗俗,言语不堪,让她着实惊异。她觉得，在这个小丑身边，徘徊着疯狂的阴影，但没想到事情竟发展到如此骇人听闻的地步。在电话里，他们站在中间立场做出的所有评价，令我发觉自己是多么接近让-里诺，而不是克洛戴特，此前我倾向于认为，她的刻板源于某种形式的理性内省，现在突然感到，它暴露的无非是平庸的人云亦云。让娜小时候练舞蹈，后来人长高了，变瘦了，也就告别了这项天赋。我和父母到年终晚会现场去看她。她在前台跳了一小段独舞，全场掌声雷动。随后，在青年之家的餐厅里，还搞了场小型酒会。大家都上来恭维我父母，他们只好笑脸相迎。我父亲感觉不习惯。他以为随便开开玩笑，就可以放开手脚。大伙儿都善意地笑着。我感觉，他的笑话全都跑偏了题，但他还是自我陶醉，不以为然。他鼻头红红的，鼻翼开张，有一刻，他打趣说，他希望待会儿让她拿顶帽子，往人行道上一站，向大家讨赏钱。其他人马上退避三舍，只剩下我们四个。还有一次，高中音乐老师组织我们到奥林匹亚剧场听米歇尔·博尔纳雷夫演唱会。父亲开车带我们从皮托出发，车上还有我的两名女伴和她们的母亲。在我家平常开的萨尼-硕夫那辆雷诺 4L 车里，他说，总得给我解释一下吧，为什么教育部要派你们去给这个同性恋喝彩！女伴们才刚刚进入青春期，他还在家中见到过其中一位，一上来他就摸人家屁股，抓人家胸脯，还一边欢呼，哇，都开始长啦，你变成大姑娘了，是吧，卡洛琳娜！女友挤出一丝笑容，我马上说，爸爸，够了！他戏谑道，怎么了，我检验一下商品，有什么不好吗！要放在今天，他直接就得进班房。我父亲呢，他经常给我丢脸，但我从未站到对立的阵营。也没有哪个具有中立色彩的人让我感兴趣。除了达尼埃尔、埃马纽埃尔和贝尔纳之外，我们没有对任何人描述案件的细节。我卷入其中的事情，我进看守所的遭遇，我没有对任何人提及。甚至也没有向让娜透露，再说她早已经色迷心窍。聊起莉迪，也只有凯瑟琳·穆森称她为可怜人。其他人都觉得，这事恍如天方夜谭，骇人听闻，但对于具体细节和原因，又不无好奇。我得承认，在通知这事的时候，我有几分小小的得意。传播轰动消息，何乐而不为。但也仅限于此。必须立马打住，不能进行任何细聊。人际关系中从来就没有至纯至真。可怜人。我不知道这个说法是否合适。只有活着的人，才必须遵循当下的标准。哀叹死者，真是荒唐可笑。但我们可以哀叹命运。一半是痛苦，另一半大概就是所谓的虚无。是的。在这层意义上，可怜人一词很贴切。我还可以称其他人为可怜人,如我的父亲,我的母亲,约瑟夫·德内,萨凡纳街头那对夫妇,高墙脚下那位耶和华见证者,我那些黑白集子中某些消逝的人物,那些栖身假花丛中已然成为圣米歇尔岛之王的衣冠楚楚的逝者——我猜测,他们并非都经历过玫瑰人生——昔日数不胜数的无名小辈,报纸讣告中那些毫无意义的人生过客。我想起了扬克列维奇言说父亲的那句话,在命运的天空里,他身不由己地漫步,究竟有何意义?……我们是否应该称莉迪·甘比奈为可怜人?在自己色彩斑斓的世界里,莉迪·甘比奈漂浮在各种命运遭际之上。一想到她,我就想起她行动的样子,仿佛看见她穿过停车场,身上的衣衫摇来摆去,就像乔治·格罗茨画笔下纤细的小女人,抑或看见她在凌乱如麻的发丝中,轻轻地拍着嗓子眼的位置。在宣传折页上,她这样写道,声音与节奏比文字与意义更为重要。莉迪·甘比奈曾经当过歌手,曾经投身公益,曾经摇晃吊坠,她以自己的方式掩盖了虚无。

达尼埃尔的母亲同意收养艾杜瓦多。我们约定,下个礼拜天,再一起把它送到布里地区叙西。这期间,我还解决了一件烦心事。仔细观察我们楼的外墙之后，我上到七楼的邻居家，阿帕里奇奥先生是法国邮政电报电话公司的退休员工，平时不喜欢与人搭话。从马诺斯科利韦家门口经过时，我看见了蜡封印，还贴着一张黄色标签，在犯罪一行写着：故意杀人。阿帕里奇奥先生秃了头顶，后面的头发绾成一个髻。一丝现代性，让我鼓起了勇气。我给他讲了我的计划，要在他家接一根水管，头上装一支水枪，这样就可以从他家阳台上直接给马诺斯科利韦家的花园浇水。我不是要您来做，阿帕里奇奥先生，我说道，如果您同意的话，我自己全权负责，每周两次，在您合适的时间，早晚都可。几分钟之后，听完演说，他让我进了门。我们来到客厅，他打开窗户。我们趴在栏杆上俯身朝下张望，我说，您看见没有，这些绿植多漂亮啊。可就算最高的金合欢吧，也沾不到半点雨水。他家阳台上，放着一辆自行车、一张桌子，还有些工具。要说绿色嘛，只有三两个泥土依稀的花盆，外加一株老气横秋的蕨类。从哪里接管子呢？他问道。厨房里，我回答说。

"那需要十五米长的管子。"

"是的，当然！谢谢，阿帕里奇奥先生！"

他咖啡都没有请我喝一杯，因此我们之间的谈话也就仅限于天气问题。我双倍地感激他。首先，他从来就没有对这出悲剧盘根问底（包括警察来调查周边邻居的那天），其次，他也没有想取代我，越俎代庖地当园丁。我买了一根可伸缩的水管，质量上乘，标准接口，水枪还可以调节出水的远近。阿帕里奇奥先生亲自动手，把管子接到洗碗池上方的水龙头上，我到达之前，水管就先铺设好了。他随时都可以浇花，不用非得等到约定的时间。他大概感觉到，我有着乐此不疲的嗜好，所以他一直都谨守规矩。艾杜瓦多挪窝之后，就幽闭在闷闷不乐和充满敌意里。它四处游荡，从一件家具窜到另一件家具，钻到家具下面，躲到阴暗角落。它好歹还吃东西，皮埃尔把最后几片 Revigor 200 研成粉，放到金枪鱼酱中，成功地塞给它吃下。要搬去叙西的头一天，回到家中，我无意中撞见了这一幕：卫生间里面伸出一根鱼竿。过道里，艾杜瓦多的目光追随着任性的豹子尾巴，缓缓地来回移动。一看见我，它就逃之夭夭，皮埃尔正赤身裸体地坐在马桶上，全神贯注、心无旁骛地研究象棋残局，一只手还不停地挥动着鱼竿。在告别-云雀，我们有一只猫，既像猫，又像狗。为了把艾杜瓦多带到达尼埃尔母亲

184

家,我还买回一个硬塑料笼子。我买的是中号,花了三十九欧元,为的是小猫出门的时候能够舒服一点。门厅里,一切都准备就绪。让-里诺的帆布包,所有的配件,包括 T 恤衫、猫窝、簇新的笼子,笼子的栅栏门敞开着,正等着请君入瓮。一看见笼子,小猫就怒从中来。它掉头逃跑,却被皮埃尔抓个正着,皮埃尔还对我大喊大叫,把门关上!他把猫放到入口前面,想控制住它。我们把小猫往里面推,它却使劲反抗,用前爪死死撑住,毫不放松,它在木地板上滑动,笼子也随着后退。我们开始跟它说话,想说服它,我甚至认为,看来非得说几个类似意大利语的单词不可。艾杜瓦多千方百计想要脱身,它不断挣扎,还咬皮埃尔的胳膊,皮埃尔就只好骂我。有那么一两回,他手一松,前功尽弃,只得重来。我们把玩具放到笼子里,还放进费利威扩散器和猫食。猫咪却不吃这一套。斗争了二十分钟,搞得人精疲力竭,皮埃尔突发奇想,把笼子竖着摆放,门也就朝上面了。他累得满头大汗,终于抓住了艾杜瓦多,然后把它头朝下垂直往笼子里摁。看到小猫的头和前爪进去的那一刻,真有点不可思议的感觉。皮埃尔提着笼子对我说,帮帮它,帮帮它!我把小猫塞进了笼子,就像闭上眼睛那么容易。我们一下子就关上了门。笼子里放着压碎的猫食,艾杜瓦多不停地尖叫,但是它已经深陷牢笼。

　　姑妈没有认出我。她坐在助步器旁边,脖子上套着围嘴,这是餐厅的偏房,没有窗户,她独自一人,面前摆着一盘鱼和土豆泥。我没想到,才傍晚六点,她就上了餐桌。这餐点让人有些吃惊,我费了好大工夫才适应过来。对我来说,这算是离群索居的一种方式。只有对那种卧床不起的病人(医院里就已然属于这种情况),才会让他们在这个点吃晚饭。我做了自我介绍,说之前和让-里诺一起来过。她努力地打量我。有时候,在老年人的目光中,会有几分冰冷的威严。她叫贝尼尔德,贝尼尔德・波奇奥,我在接待处知道了她的名字,但是我不敢直呼其名。前台告诉我,啊,那位多洛米蒂山区的老太太!通过迪诺・布扎蒂,我了解了多洛米蒂山。德内喜欢读他的《玻璃山》,里面还有很多登山运动员的肖像,以及对环境破坏的哀泣。为那些他再也不能去的山坡哀泣。可以说,这是他的枕边书。他大声地给我朗读过其中的某些章节。某些堪称名篇佳作。我还记得征服珠峰时写成的一篇文字。在古老的堡垒里,在最高的塔楼顶部,有一个之前无人涉足的小房间。最后门被打开了。那人走了进去,他看了看。再没有任何秘密。多洛米蒂山区老太太的手又长又厚,有些老茧。手指一起动来动去,感觉就像粘住了似的。她拿着叉子在剔鱼刺,其实鱼刺早都已经剔过了。我问是否打扰她。我说,您可能想安静地晚餐?她拿起一团土豆泥,送到嘴里,发出很大的声响。她的脑袋似乎没有上次摇晃得厉害。她一边观察我,一边咀嚼。有时候,她还用围嘴去擦嘴唇。我心想,理发师染的头发太偏淡紫色。也过于卷曲。他们养老院应该有理发师。自己的所作所为,我不再理解,拜访一位素昧平生的女人,人家压根不知道你是谁,你还上赶着示好,这有什么意义?她穿着带兜的粗毛线衫。她在兜中摸索了半天,拿出一个系着细绳的小塑料袋,递给我。她用陌生的语言对我说话,要我闻闻。孜然的味道。这是孜然?我问道。是,孜然。她还要我闻。我说,我喜欢孜然。也喜欢芫荽。她希望我打开袋子。结打得太紧,她手指僵硬,根本打不开。等我打开之后,她示意我倒点孜然在她手掌上。她颤抖着表示,只要一小撮。她又让我闻她手上的孜然粒,她一边笑,一边将孜然撒到鱼肉上面。我也笑了。她又嗫嚅着什么,我并没有太

187

懂,但是我听到了莉迪的名字。我相信自己大概明白了意思,这是莉迪送给她的。姑妈和莉迪,我从来就没有在她们之间建立联系。真是愚蠢。让-里诺的太太怎么会不认识姑妈呢?她把餐盘中备好的柠檬酸奶放到我面前,还外加一把勺子。楼道里响起杂乱的人声,开门关门的声音,轮椅的响动。虽然说不出为什么,但这是迟暮的声响。这些几近完结的声音不会在任何地方回响。我想起与让-里诺一起来探视的情景,她还谈起晚归的母鸡,东一只西一只地回到屋里。这一次,姑妈没有谈起母鸡,也没有谈起钟声。远离了大山的生活,远离了那些时大时小的大山暗影,她养成了其他执着的习惯。她习惯于光滑的墙面、木头的扶手,看到随地流逝的时间,她也坦然接受。

从静止的大山中,布扎蒂看到了它们崇高的属性。理性,在我看来,也就是人趋向于一种绝对平静的状态,他这样写道。埃蒂安·迪耐斯曼与孩子们在山中漫步,那是他曾经与父亲走过的道路。他们在同样的岩壁下野餐。他们抬头可以看到同样绵延起伏的山脊。父亲离开了人世,其他一切还原封不动,冷酷而清晰。每年夏天,在欢声笑语中,他感觉到自己的无足轻重。后来,他还是有这种感受,但不再苦涩。

亲爱的让-里诺,在与您分享有关事物命运的胡言乱语之前,您应该知道,在布里地区叙西,在达尼埃尔(您见过她,就是参加完继父葬礼赶过来的那位资料员)母亲家,艾杜瓦多也变得讨人喜欢。用的就是这个词。畜生会改变天性吗?我更愿相信这是服丧期间的调整,两个生命变得更加乐于助人。我知道,您一直担心它,它搬家了,我们也知会过您。最新消息,白天的辰光,它就待在底楼窗台沿上,好像南方村子里的老人,喜欢坐在门口,看着生命平静地流逝。它居高临下打量着小草坪,活生生的小鸟和老鼠在那里嬉戏玩乐,非常安全,新主人的担心完全没有必要,因为它守着窗栏寸步不离。即使不能为它感到骄傲,您至少也不必为它劳心费神了。上个月,我母亲去世了。在她家的箱子里,我还找到初二时期手工制作的核桃夹。通过一年的试点,女孩子也可以进入男生的铁木坊啦。没有人选铁器坊,但好几个人一拥而上选择了木工坊,好逃避缝纫课。一位华人师傅,戴着假发,有点疯疯癫癫。提前一刻钟就要收工,这样才有时间把工具收拾得规规矩矩。即便刨子只

189

超出工具箱几毫米，他也要大吼大叫，甩手就要打男孩子的脑袋。整整一年时间，我们都在制作核桃夹。男孩子制作的双平台样式，有点像榨机，女孩子制作的蘑菇样式。我的是双色，有个像橡子的深栗色菌盖。在送给父亲之前，我还在包装盒里面放了核桃。一开始，看到这么个东西，他不禁大呼小叫，你这玩意，什么屌样！随后，等明白功能之后，他又惊异起来。父亲喜欢各种工具，对工匠也很尊重。逢人他便要拿出核桃夹显摆，其实也就是他妹妹米歇丽娜一家子，还有不时来家里小酌的三两个同事。他想知道螺纹是怎么加工的，用没用丝锥。他说，把伊丽莎白那个屌样玩意给我拿过来，凡是带壳的东西，他都要拿来演示一番。他说，转动灵活，挤压柔和，核桃肉完美。他一口一个屌，我不但不介意，反而觉得好笑。过了一小阵子，大家就把核桃夹忘到了脑后。它大概还在厨房的果盘里放过一阵，后来就消失得无影无踪。我压根就没有想到，它还在某个角落里。我甚至都记不起了。现在，它就齐整整地摆在我面前，旁边是新买的胡椒瓶。它出奇地自在。为什么有些事物日渐衰落，其他的则不然？清空母亲房间时，如果是我妹妹打开鞋盒，很可能会不加犹豫地将它连同其他破旧玩意一起倒掉。

莉迪相信,凡事都有自己的运命。要不然玫瑰红石英吊坠怎么会对她投怀送抱?(我顺带还要告诉您,不管是在餐厅,还是在肉店——我去得越来越少——我差不多也快这样问人家了,鸡飞过没有啦,猪满地跑过没有啊,等等,而且打从收到她那个协会的出版物以来,看到用畜生来娱乐大众的行为,我再也受不了啦。)让-里诺,虽然法官开了绿灯,我们也只能长话短说,而且我总感觉束手束脚,虽然我也在努力克服。我从来没有寄过这样的信,我的意思是如此饱含激情的信,一封也没有发出过。此前,我一直找不到准确的调调。我的原则是,这封信也不能寄出去。因此,我可以随心所欲地和您说话,就像我们一直以来那样,不再顾及我们不对等的处境,也不管您的感受如何。核桃夹这么点事,我也可以神侃一通,我还可以向您坦承,比如,刚刚返家(返家!)那会儿,时间刹那的飞逝,光阴瞬间的完结,都会让我产生遗弃之感,忧郁沉沉袭来,我必须费心费力,才能克服这种情绪。头顶上方,再也没有了马诺斯科利韦。住在六楼的马诺斯科利韦一家,曾经熟悉的事物秩序。我知道,如果与世界新闻相比,这是多么地滑稽可笑。但与你们一同消逝的,是无影无形的东西,是我们不会想到的东西,是自行其是的生命。

我们站在阳台上，看到囚车和警车鱼贯抵达。说实话，半栋楼的人都凑到了窗前。我也趴在窗台上，从高处观望。阿帕里奇奥先生也在窗前。他马上就退到后面，害怕人家看见他。犯罪现场模拟定在二十三点。之所以安排在夜里，是为了尊重案发时的场景。我们还接到通知，必须穿当时的衣服。我把紧身睡裤和凯蒂猫睡衣套装摆在床上，就像准备演出服似的。十多个人进了楼，其中一名女士挎着包，拿着折叠小桌子。让-里诺从囚车里走出来，戴着手铐，由一左一右两名制服警察押着。从高处再见到他，只见他依旧穿着飒拉夹克，戴着赛马场的帽子，此情此景，让我心乱如麻。我有如犯下了天大的错误。从死亡和宇宙视角来看，仿佛从窗栏突然看见某些东西，纷纷攘攘的人群，中间是一名老实巴交的男子，他已经失去自由，还被打扮成当时那副模样，这一切突如其来映入我的眼帘，恰如一幕荒诞剧。

预审法官想从所谓告别聚会开始。对于第一幕，他觉得没必要让大家穿成三个月前的模样。书记员在门前平台上坐下来,打开折叠桌,摆上手提电脑。第一个场景,法官下令道,女警扮演甘比奈夫人角色。一名满头鬈发的小个子女人往那里一站,摆出姿势,她双臂贴着腰肢,穿一件过于宽大的燕尾上衣。让-里诺穿着紫色衬衫,剪短了头发,也木偶一般地站到电梯前面。他没有戴手铐。他看起来更加年轻。新的普通金属架眼镜让他年轻不少。楼梯间的门打开了。一部分警察钻了进去。在门前平台,我认出了巴黎警察局负责案件调查的警长,还有参与大堂抓捕行动的一名警察。法官想知道客人出来的先后顺序。我们三个谁也记不清了。大家一阵东说西说之后,他马马虎虎同意,让莉迪首先出门,紧跟在艾尔·瓦尔第夫妇身后,但没有必要对他们两口子情景再现了。法官把新组合的马诺斯科利韦夫妇、皮埃尔和我一道安顿在门口拍照。甘比奈夫人和马诺斯科利韦先生离开若兹夫妇家——前面是去乘电梯的艾尔·瓦尔第夫妇。法官还一个劲儿对我说叙述有多么重要。诉讼期间会发放照片,他说道,对审判长来说,这也是教育工具。稍后,又拍了若兹先生回卧室睡觉的照片,他对我说,重要的是要让陪审员明白,您是自己一个人。在这段序曲之后,他们全都上了楼。皮埃尔和我,我们又回到客

193

厅。皮埃尔没好气地问我,想不想边等边看新闻。我压根就不想看新闻。他开始玩象棋,研究残局。他什么都讨厌,尤其讨厌非要生拉硬拽让他再演一遍戏。我们接到参加犯罪现场模拟通知的时候,他还赌神发誓地说绝对不会参加。我挨着丈夫,坐在长沙发上,无所事事,于是开始观察房间,它跟平时截然不同。靠垫等距离地摆着,看起来饱满充实,以前全是胡乱堆砌,现在却像码书一样中规中矩。地面清洁光亮,一尘不染。母亲绝对也会这样全部擦洗一新。面对司法机关,必须老老实实。只听见上面传来脚步声和嘈杂声。我说,他要掐死女警了?

"希望不是。"

我卧倒在沙发上,把头枕在他大腿上。他换了姿势,感觉很不舒服。我说,他要把她装箱了?

"还是得在来我们家之后吧。"

他把磁力象棋盘放在我胸前,把从报纸上剪下来的残局放在我脸上。在门前的平台上,让-里诺像个陌生人似的。肢体僵硬,目光躲躲闪闪。让人觉得,所有的关系已然全部破裂,包括与这栋楼的左邻右舍。我压根没有想到他会这么冷漠。在最坏的年月里,也就是少年前期,家里送我到韦尔科尔地区科尔朗松参加夏令营。在营地里,我总是落在后面,我们只能自个儿照顾自己,其他人好像都比我独立,胆子也大。有时候,我还能融入集体,交几个女伴儿。大家住在不同的城市,只有等下一季才能重逢。我老早就开始高兴啊。但是,等我重见到她们,别人早就变了心。人家显得疏远,不理不睬,好像之前从来就没有任何瓜葛似的。对于久别重逢,我寄予厚望,因此也深受打击。我起身的动作有点生猛,把好几枚棋子都掀到了棋盘外面。我溜进卧室,穿上衣服,凯蒂猫 T 恤衫、熨烫过的花格裤子,还有人造毛拖鞋。我听见皮埃尔在旁边发牢骚。

让-里诺带着一帮人来按门铃。皮埃尔穿着浅粉色短裤,给他开了门。我也露了脸,一身滑稽的打扮。我们来到客厅。让-里诺又坐到摩洛哥椅上。像上一次那样对我们居高临下,还是那么无动于衷,但是这次头发却理得漂亮,也没有扭曲的嘴型。与完美的客厅很搭调。我们打开一瓶干邑。一饮而尽。我们关了灯。我打开顶灯,随即关掉,再打开落地灯。本来已经收拾好的东西,我又不得不重新收拾一遍。我拿出心爱的好运达手持式吸尘器。皮埃尔夺了过去。他拿它攻击让-里诺。让-里诺面不改色地任由它吸住自己。法官越是想让大家按部就班，事情偏偏越是显得疯狂不听使唤。我们一干人马又进到楼梯间，一片沉寂。皮埃尔在前，故意慢条斯理，想压一压我配合的热情。在楼道拐弯处，有人从马诺斯科利韦家的平台给我们拍了照。封条已经取下。我们进到屋里，在半明半暗中，十个人正在恭候我们的到来。我们直奔卧室而去。从门缝里，我看见莉迪的双脚，还有红色系带浅口鞋。进入卧室的一刻，我感受到名副其实的震动。莉迪躺在妮娜·西蒙的招贴画下面。她没有一根头发，她的脸蛋已不成型，光溜溜的。这是一个让人害怕的模特，穿着荷叶边短裙、吉琪娃娃鞋。能不能给我们展示一下，法官说，你们怎么确信甘比奈夫人确实咽气了？皮埃尔开始把脉。我呢，开始摆弄她的大腿，一如当时呈堂证供中所说。触感很不舒服，像冰冷紧致的泡沫。我给她裹上围巾，在同一个抽屉里拿出来的另一条围巾。打结的时候，头明显缩了水。第十四个场景：若兹夫人系围巾，马诺斯科利韦先生合上甘比奈夫人的嘴巴。让-里诺极不情愿地完成规定动作。他似乎很瞧不起这个道具娃娃。再次看到夜壶、锡制猫头鹰、吊坠、妮娜·西蒙和她的网裙，感觉很怪异。它们都属于过去。我知道,我这是最后一次见它们。若兹先生,能不能告诉我们,催促马诺斯科利韦报警的时候,您所处的准确位置? 皮埃尔穿着短裤和便鞋,原地转了一小圈,然后说,这里。离开这里之前,你们最后说过什么话?

"我不记得了,"皮埃尔说。

"您呢,您还记得吗,马诺斯科利韦先生?"

"不记得……"

"若兹夫人呢? ……您说过,您丈夫建议马诺斯科利韦先生不要拖延,得赶快报警。"

"是的。是这样。"

"你们能演示一下是怎么与马诺斯科利韦先生告辞的吗?"

皮埃尔和我,我们走出卧室。法官在浴室前拦住我们。你们就这么平静地离开现场吗? 您说过,您丈夫有点强迫您离开的意思。

"是的,确实不假。"

"你们能让我们看看吗?"

我们又回到卧室。皮埃尔用钢爪一般的指头抓住我的手腕,把我朝过道拖去。我由他拖着往前走,离开了让-里诺,他站在黄天鹅绒扶手椅旁边,背景是印花窗帘。

　　他们都想看看猫眼。法官、调查官、让-里诺的律师、民事当事人律师。每个人都带着几分严肃,大家都一本正经地证实,看到电梯按钮在轻轻地颤动。大堂已经准备就绪,只等着我们到达。书记员又打开折叠桌,摆上电脑,贴在垃圾桶那一侧的墙角。三楼的女邻居嚼着口香糖,等在玻璃门外。让-里诺也在电梯前候着。大家又让他套上帽子,穿上飒拉夹克,戴上羊皮手套。他弯着一只手臂,上面横搭着绿色大衣,他毛手毛脚地提着莉迪的手包。应法官的要求,他打开电梯门,拖出行李箱。箱子看起来不像装着莉迪时那么鼓鼓囊囊。模特大概更加柔韧,让-里诺要自个儿装箱,倒算运气不错。到达楼梯下面的时候,您看到的是这样的情景吗? 法官问我。

　　"是的。"

　　"您当时可不是这么说的。在 D111 号材料中,您解释说,甘比奈夫人的大衣放在行李箱上面……"

　　"啊,是的。可能吧。"

"大衣在哪?"

"在行李箱上面。"

"您同意吗,马诺斯科利韦先生?"

"同意。"

"您能给我们展示一下,大衣是怎么放到行李箱上的吗?"

让-里诺把大衣放到行李箱上面。我确认就是这样子。法官让做了纪要,还拍了照。马诺斯科利韦先生,若兹夫人见到您的时候,她说什么来着,您能给我们复述一下吗?

"她问我行李箱中是什么。"

"您怎么回答的?"

"我没有回答。我朝门口走去。"

"您可以给我回顾一下,若兹夫人是怎么截住您的吗?"

"她抓住手包和大衣。"

"若兹夫人,您能展示一下是怎么抓住手包和大衣的吗?"

我抓住大衣和挂在他臂弯里的手包。终于,我们四目相对。在他的眼神里,我重拾昔日所爱。只有玩世不恭的火焰,没有任何的伤感。场景三十二:马诺斯科利韦先生看着伊丽莎白·若兹夺走大衣和手包。

　　囚车启动了，让-里诺贴在窗户上。他又被戴上手铐。他身子前倾，仿佛是为了给我示意。我穿着拖鞋，站在玻璃门前，朝远处挥着手，直到车子绕过对面那栋楼。我在外面待了一会儿，其他人都离开了现场。停车场空空荡荡。在告别-云雀，夜色美好，繁星满天。囚车在一堆车子中间掉了头，向反方向驰去，最后消失在远处。让-里诺一直朝着我，但因为是晚上，距离又远，我看不清他的脸。我只看见他帽子的暗影，这个不入时的配饰曾经让他与众不同，现在却仿佛将他投入到无名的茫茫人海。历史在我们头顶上方书写。事情的发生，我们无法阻挡。刚离去的是让-里诺·马诺斯科利韦，同时也是一介凡人。我想起，在帕尔芒蒂埃大街的院落里，当父亲高声朗读《诗篇》时，让-里诺曾有过一种对模糊整体的归属感。我抬头望了望天，看了看天堂的人。然后，我独自走向楼梯。

图书在版编目(CIP)数据

巴比伦/(法)雅丝米娜·雷札著;龙云译.
—上海:上海译文出版社,2018.7
(雅丝米娜·雷札作品集)
ISBN 978 - 7 - 5327 - 7780 - 8

Ⅰ.①巴… Ⅱ.①雅…②龙… Ⅲ.①中篇小说一法国一
现代 Ⅳ.①I565.45

中国版本图书馆 CIP 数据核字(2018)第 088612 号

Yasmina Reza
BABYLONE

图字:09 - 2018 - 058 号

巴比伦	Yasmina Reza	出版统筹	赵武平
	[法]雅丝米娜·雷札 著	责任编辑	李月敏 张 鑫
Babylone	龙云 译	装帧设计	董茹嘉

上海译文出版社有限公司出版、发行
网址:www.yiwen.com.cn
200001 上海福建中路 193 号 www.ewen.co
苏州市越洋印刷有限公司印刷

开本 850×1168 1/32 印张 6.5 插页 5 字数 83,000
2018 年 7 月第 1 版 2018 年 7 月第 1 次印刷

ISBN 978 - 7 - 5327 - 7780 - 8/I·4768
定价:49.00 元